Du POISON dans nos ASSIETTES

Du POISON dans nos ASSIETTES

JULIEN LAURENT

City
Document

Couverture : Shutterstock/Studio City

ISBN : 978-2-8246-0202-8
Code Hachette : 50 9664 9
Rayon : Actualité
Catalogues et manuscrits : www.city-editions.com

Dépôt légal : troisième trimestre 2012
Imprimé en France par France Quercy, 46090 Mercuès - n° 21558/

Inquiétons-nous !

Nous avons tous fait, en tant que consommateurs, l'expérience un jour ou l'autre d'une soudaine vague de méfiance envers les produits que l'on peut trouver pour nous nourrir sur les étals des marchands, dans les grandes surfaces, dans les fast-foods et sur les tables des restaurants.

Réflexe normal si on y pense : nous sommes obligés, concernant un besoin fondamental, de remettre notre sort entre les mains d'étrangers et de faire confiance à des marchandises dont nous ne connaissons la majeure partie du temps ni la provenance ni la qualité.

L'industrialisation globale de l'alimentaire a de plus dilué au dernier degré les chaînes de responsabilité, les producteurs se trouvant donc mécaniquement en position de relativiser les risques qu'ils pourraient nous faire courir. Nous en verrons de nombreux exemples au fil de cet ouvrage.

Mais nous concevons alors, généralement, un certain soulagement ; nous raisonnons, nous nous disons qu'il n'est pas possible que des instances d'État, au pouvoir considérable, ne se consacrent pas uniquement à la surveillance de ce qui arrive dans nos assiettes, dans un simple souci de santé publique. Nous pensons que nous sommes protégés, qu'il ne sert à rien de s'inquiéter, et que, quelque part, en amont, quelqu'un travaille pour s'assurer de notre survie.

En réalité, ce faisant, nous contribuons nous aussi à la dilution de la chaîne de responsabilité – tout en mettant notre sort entre les mains de parfaits inconnus.

Il faut tout de suite bien comprendre qu'une partie du raisonnement général en santé publique est passé du respect plus ou moins explicite du principe de précaution (un produit est dangereux, on ne le commercialise pas) à une forme de tolérance élastique, combinant une certaine latence de réaction, l'espoir inconsidéré que tout se passera bien, et la logique de la dilution. En l'occurrence, même si des toxiques sont présents dans notre alimentation – et personne n'est assez fou ou malhonnête pour prétendre le contraire –, les doses en sont faibles, en raison des volumes mêmes produits, diminuant ainsi d'autant l'exposition de chacun. Ces faibles doses ne représentent par conséquent aucun danger pour la santé humaine.

En général, ces assertions sont techniquement inexactes. Si les faibles doses ne représentent pas de danger, c'est dans l'état actuel des connaissances, et en général sans tenir compte de plusieurs facteurs, dont le plus évident est celui de l'exposition répétée et prolongée sur plusieurs années, voire sur plusieurs décennies. On est donc bien confrontés à cette forme d'espoir mêlé d'« autotranquillisation » des pouvoirs publics qui ne peuvent que prier pour qu'une catastrophe sanitaire majeure ne se déclare pas du fait de leur laxisme. Dans le pire des cas, ils pourront toujours arguer qu'ils ne savaient pas.

Ce ne sont en effet que ceux qui se font attraper en étant parfaitement conscients des dangers affrontés par les populations qui courent des chances de se faire condamner : ceux qui n'ont pas su anticiper ce danger peuvent dormir tranquilles, rien ne leur sera reproché.

Mais comment exactement fonctionne le système de protection des consommateurs sur le plan alimentaire ? Eh bien, on peut répondre à cette question à deux niveaux : celui de la théorie, qui sera succinct, et celui de la pratique, qu'on peut décrire comme obscur.

Marie-Monique Robin, dont le travail d'investigation rigoureux dans le domaine de l'alimentation fera l'objet de nombreuses citations dans le cours de ce livre, fait état de ce scientifique français, René Truhaut, qui a posé le principe tout à fait simpliste dans le courant des années 1950 – et pourtant jamais remis en cause depuis – qui prévaut encore aujourd'hui pour envisager la nocivité des substances présentes dans notre nourriture.

C'est lui qui a inventé la « dose journalière admissible ». C'est la dose qu'on va calculer et prendre en compte, définie spécifiquement pour chaque substance, qui, ramenée à la masse corporelle du consommateur, pourra être consommée sans provoquer de problèmes de santé : *« Quantité [...] qui peut être ingérée quotidiennement et pendant toute une vie sans aucun risque. »*

Au départ conçue pour estimer l'exposition aux additifs alimentaires, la DJA sera ensuite appliquée aux pesticides. Chaque pays possède sa propre agence pour poser les normes en matière d'alimentation, en plus d'une structure de l'ONU, la Food and Agriculture Organization (FAO), qui les chapeaute toutes, mais toutes ces agences se réfèrent à cette DJA qui n'a pourtant pas reçu une définition plus rigoureuse que celle posant son principe il y a six décennies.

Ce principe permet dans l'absolu de moduler la toxicité d'une substance selon sa dose, laquelle, difficile à évaluer pour chaque individu, est calculée sur une moyenne, aisément transformable pour coller à la réalité. Bref, avec cet outil, ce sont surtout les autorités qui se facilitent le travail en produisant des estimations larges et en se dotant d'un cadre de discussion qui minimise l'importance ou la portée de la dangerosité de certaines substances parce qu'elle traite le problème sur une échelle macroscopique et arithmétiquement aménageable.

Le problème, si on veut contester ce mode de fonctionnement, c'est qu'à de rares exceptions près, les produits toxiques envisagés ne font qu'augmenter les chances de présenter des cancers ou des conséquences graves pour la santé, dans un environnement où les facteurs de risque sont nombreux (le monde d'aujourd'hui). La responsabilité d'une substance en particulier peut être très dure à déterminer, à la différence du cas de l'amiante, qui exposait précisément ceux qui devaient travailler à son contact. On sait pourtant le succès rencontré en justice jusqu'à maintenant par ceux qui ont voulu faire reconnaître cette contamination en France.

Pour calculer cette DJA, on détermine sur les animaux de laboratoire – en général des rats – la dose mortelle. Une fois qu'elle est connue, on diminue les doses au fur et à mesure pour voir jusqu'à quel seuil, pour une dose non mortelle, les rats présentent des pathologies.

On obtient en fin de parcours une dose sans effet toxique observé qui est considérée comme la valeur sur laquelle on va appuyer les réglages suivants. On divise cette dose par 100 pour passer à la DJA – on divise en réalité 2 fois par 10 : une première pour la variabilité entre espèces (rat/humain, par exemple), une seconde pour la variabilité à l'intérieur de l'espèce (entre les différents humains).

Cette procédure a l'air de présenter des garanties, mais le calcul simple mené par Marie-Monique Robin dans *Notre poison quotidien*[1] est édifiant. Si un produit a une DJA de 0,2 mg et qu'un sujet fait 60 kilos, il peut donc absorber 12 mg de produit par jour, « pendant toute sa vie » ; qu'on se propose alors d'avaler un fond de bouchon de pesticides tous les matins, on comprendra que la réalité brute n'a rien de réjouissant. Cette dose paraît importante pour pouvoir garantir sans hésiter qu'il n'y aura pas d'effet sur sa santé sur le long terme.

Certains scientifiques soulignent que la manière de calculer la DJA, notamment la fameuse division finale, tient du bricolage et veut avant tout assurer le consommateur qu'il ne court aucun risque tout en étant certain du contraire (le risque zéro n'existe pas, vous répondra-t-on, pour expliquer ce hiatus). Encore faut-il déterminer les quantités de pesticides qui vont se retrouver sur chaque fruit et légume, puis faire une moyenne de leur consommation selon les régions du monde, pour se livrer à un calcul très approximatif de l'exposition de chacun.

Autrement dit, même si on vous encourage quotidiennement à manger 10 fruits et légumes frais, si vous vous exécutez, vous avez de grandes chances de vous exposer bien plus qu'un autre aux pesticides, puisque vous les absorberez à plusieurs sources différentes (chaque fruit, chaque légume). Et ainsi, il y a des chances que vous dépassiez régulièrement la dose limite d'un pesticide. Mais ce n'est pas le genre de choses sur lesquelles les autorités sanitaires s'empressent de communiquer.

1. Éditions La Découverte, 2011.

Mieux encore, tous ces calculs sont finalement menés régulièrement dans le cadre du *Codex Alimentarus*, programme commun de la FAO et de l'OMS, qui est largement utilisé dans le monde entier pour fixer les taux acceptables de toutes les substances dont on trouve des traces dans l'alimentation, mais n'a aucune vocation de norme ferme (ce qui est très pratique dans les faits puisqu'à chaque critique qui est adressée au *Codex*, ses partisans peuvent souligner qu'ils n'obligent personne à suivre ses directives).

Ce *Codex* fonde ses calculs sur les documents envoyés par les industriels, des études qu'ils ont eux-mêmes réalisées. Ils ne vont bien sûr pas présenter de résultats catastrophiques, et il est toujours possible, comme nous le verrons souvent, de transformer une étude déplorable pour la rendre neutre, voire séduisante.

Mieux encore, les sessions pour déterminer les taux critiques se tiennent à huis clos, en raison des données sensibles traitées. On fait donc jouer symboliquement le secret industriel avant le bien du consommateur : l'industrie a des prérogatives que le citoyen n'a pas. Et l'industrie fournit ainsi des études qui ne sont pas publiées, donc non soumises à la contradiction.

Mais pourquoi couvrir les données toxicologiques du secret industriel, alors qu'elles n'entrent en rien dans le processus de fabrication des produits qu'elles concernent[1] ?

La Commission du *Codex* prend des décisions étonnantes : elle a ainsi permis à pas moins de huit pesticides interdits de se voir remettre sur le marché (le DDT et le PCB, par exemple, qui sont considérés comme assez dange-

1. Selon le Pr Erik Millstone, qui souligne cette incohérence dans l'ouvrage de Marie-Monique Robin.

reux), et elle ne trouve aucune raison d'interdire le recours aux antibiotiques et à l'hormone de croissance commercialisée par Monsanto[1].

L'OMC a ainsi pu statuer par la suite que le boycott exercé par l'Europe contre ces produits était abusif. La Commission avait également accepté sans broncher une proposition allemande d'interdire la vente libre de toutes plantes, vitamines ou minéraux[2] (condamnant ainsi la vente des remèdes naturels, des simples et des racines à moins qu'ils n'aient été commercialisés par l'industrie). Mais le tollé général qui a suivi a suspendu la mise en place effective de cette mesure.

On voit cependant que le *Codex* se méfie bien plus facilement du naturel que de la chimie expérimentale, ce qui peut inquiéter quelque peu. Qu'en est-il en effet de notre santé si elle est laissée entre les mains d'apprentis sorciers qui ont bien plus souvent à faire avec l'industrie, ses représentants et ses intérêts, qu'avec nous ? Robin n'hésite pas à parler d'un *« système de réglementation arbitraire et approximatif »*.

Et encore parlons-nous ici des substances qui sont soumises à régulation. On pourrait très bien aborder le cas de celles qui ne le sont pas, parce qu'elles sont trop récentes pour être entrées dans le champ de la vigilance publique (trop récentes ou trop bien décrites comme inoffensives). Le cas des « nanoparticules » est à ce titre particulièrement révélateur. L'ONG Friends of the Earth[3] souligne par exemple qu'il existe d'ores et déjà au moins 106 aliments comprenant des nanoparticules sans que la législation se prononce sur ce sujet.

1. *Libération*, 10 mai 1997.
2. *Guardian*, 14 septembre 2002.
3. « Les Amis de la Terre. »

Les nanoparticules, ce sont ces particules fabriquées par la science à l'échelle du nanomètre, c'est-à-dire 10^{-9} m, une taille qui n'est pas observable au microscope. On les présente comme le nec plus ultra, la technologie du futur qui sera à l'origine d'une nouvelle révolution.

Du fait même de leur taille, ces particules ont de quoi faire peur : elles traversent indifféremment toutes les barrières biologiques et peuvent se retrouver en circulation dans notre corps.

Cette technologie, expérimentée directement à même notre environnement avant qu'on en connaisse les risques éventuels, concerne tous les secteurs de l'industrie. Dans l'alimentation, elle va du « *jus de fruits "fortifié" aux compléments alimentaires vitaminés en passant par un "nano-thé*[1]" ». Le magazine enchaîne en affirmant que « *le groupe de consultants Helmut Kaiser prévoit que le recours aux nanotechnologies concernera, d'ici 2015, 40 % des aliments industriels* ».

L'intérêt de cette nouvelle technologie réside dans le fait de pouvoir modifier en profondeur les propriétés de la nourriture tout en lui conservant le même goût (faire, par exemple, un chocolat absolument sans sucre ou sans gras) ou de pouvoir modifier les conditions d'absorption des aliments, leur consommation par le corps, etc.

Les possibilités sont illimitées, les effets à long terme, inconnus. Ce secteur est en même temps la parfaite démonstration de ce qui se fait dans l'industrie : il est présenté absolument sans aucun recul critique comme le formidable moteur qui va changer nos vies, et notamment celles des petits agriculteurs des pays du Sud, malheureusement – mais provisoirement – soumis à la pauvreté : les

---

1. *Bastamag*, 14 janvier 2010.

nanotechnologies leur permettront de multiplier les rendements de leurs champs à l'infini.

Quand on sait que les OGM garantissaient déjà cette merveille et qu'il n'en fut rien[1], on peut légitimement se méfier des promesses de l'industrie et s'attendre à des révélations beaucoup moins glorieuses dans quelques années, quand il sera trop tard pour réagir, car, une fois les nanoparticules déployées, il est très difficile, si ce n'est impossible, de revenir en arrière. Et, bien évidemment, il est aussi – et surtout – question ici de perspectives financières illimitées, puisque, qui dit technologies à la portée de tous, dit propriété intellectuelle, brevet et rente sur les produits dont bientôt plus personne ne pourra se passer. Monsanto a déjà formidablement montré l'exemple en la matière.

Cependant, comme le rapporte l'Afsset (Agence française de sécurité sanitaire de l'environnement et du travail, devenue l'Anses depuis peu), reprise par *Bastamag* : *« Les données disponibles indiquent que certaines nanoparticules insolubles peuvent franchir les différentes barrières de protection, se distribuer dans le corps et s'accumuler dans plusieurs organes, essentiellement à partir d'une exposition respiratoire ou digestive. »*

Cette citation date de 2006. Malheureusement, les recherches sur la nocivité des nanoparticules, en regard de leur exploitation commerciale, n'ont pas beaucoup évolué entre-temps. Mais ce qui ressemble à un risque majeur se lit entre les lignes, et il faudrait au moins déterminer ce qu'il en est pour le bien de la population. Il y a fort à parier que les intérêts financiers engagés pèsent lourd dans la balance et retardent au maximum la prise en compte effective de ces difficultés. Et, comme toujours dans le domaine

1. Voir les chapitres 9 et 10.

de l'agroalimentaire, la seule chose qui nous reste à faire est de prier pour que ce ne soit pas cette fois-ci qu'un scandale sanitaire ne se couple d'une crise engageant violemment la santé de tous.

Le tour d'horizon que nous sommes sur le point d'entamer peut donner froid dans le dos. Ce dont il faut tenir compte, c'est l'accumulation de milliers de petites sollicitations toxiques qui finissent par agir sur votre corps et en dérèglent le fonctionnement. Et que celles-ci vous attendent « à chaque coin » de votre assiette.

Bienvenue dans l'enfer de l'agroalimentaire.

1

Dans le cochon, tout n'est pas bon

« Dans le cochon, tout est bon, sauf le cri », avait-on coutume de dire dans les campagnes françaises lorsque le rituel de l'abattage du porc, le « jour du cochon », était encore un événement célébré par tous les habitants d'un village, qui se délectaient par avance de tous les mets qu'on pouvait réaliser avec une seule bête. Cette expression prévaut encore de nos jours, mais elle a pris un sens bien différent.

En effet, si certains élevages de porc répondent encore à l'heure actuelle aux traditions de production que l'on pouvait connaître à la fin de la guerre, avec un très faible nombre de bêtes et une mise à mort traditionnelle, la très grande majorité de la viande de porc produite en France est réalisée par l'industrie agroalimentaire.

Cette industrie est composée de nombreuses entreprises françaises de taille moyenne, plus ou moins regroupées en franchises sous le nom de grands groupes multinationaux, tels que Smithfield Foods inc., le leader mondial de la transformation de la viande de porc.

Cette entreprise américaine, créée en 1936 en Virginie, est devenue en quelques décennies un mastodonte dans l'industrie porcine, s'établissant dans une dizaine de pays et rachetant de nombreuses entreprises nationales pour produire de nos jours près de 3 millions de tonnes de viande de porc par an, soit environ 27 millions de bêtes.

En France, la société détient certaines des marques les plus connues du marché, telles que la Société bretonne de salaisons, Jean Caby, Aoste, Justin Bridou, ou encore Cochonou, regroupées aujourd'hui sous le nom Jean Caby, et administrées par le groupe espagnol Campofrio Food Group. Ce regroupement permet au leader mondial de réaliser de grandes économies d'échelle et, pour augmenter encore ses bénéfices déjà considérables, il n'hésite pas, comme les autres acteurs du marché, à utiliser la totalité de ce qu'un porc peut offrir, parfois à l'insu des consommateurs, et en collaboration avec d'autres géants de l'agroalimentaire.

Du porc… dans le yaourt

Rappelons cette affaire révélée en 2002 par *Le Canard enchaîné* : de la gélatine de porc serait utilisée dans la préparation de certains yaourts allégés, sans que les consommateurs en soient informés.

Avant le scandale de la vache folle, c'était de la gélatine d'origine bovine qui était utilisée, sans pour autant que cette utilisation soit médiatisée, mais, depuis l'interdiction de cette gélatine d'origine bovine, le porc l'a remplacée dans certains produits que les consommateurs n'ont pas tendance à soupçonner…

Cette même année, deux cadres de la société Sorélait, qui sous-traite pour Danone sur l'île de La Réunion, sont limogés pour incompatibilité d'humeur avec la direction. La cause réelle de leur licenciement ? Ils avaient dénoncé publiquement la présence de gélatine de porc dans certains produits fabriqués par leur entreprise et vendus à La Réunion. Cette révélation a fait grandement scandale, notamment auprès de la communauté musulmane de l'île, qui consommait un aliment interdit sans le savoir, puisqu'il était simplement indiqué « gélatine » dans la liste des ingrédients. C'est d'ailleurs ce qu'expliquait un responsable d'un autre géant de l'alimentaire, Nestlé : *« La gélatine de porc, toujours mentionnée sur l'étiquetage, est extraite de la peau de porc. »* Après vérification, aucune trace des mots « de porc » sur la liste des ingrédients…

Mais cette affaire, qui n'est en réalité que la partie émergée de l'iceberg, concerne bien évidemment tous les consommateurs, et pas seulement ceux qui sont soumis à certains interdits : en effet, peu de personnes sachant comment est fabriquée la gélatine de porc continuent d'en manger.

Regroupant la peau, les os, les cartilages et les ligaments des porcs issus de l'industrie agroalimentaire, la gélatine est obtenue après un traitement à l'acide, qui permet d'agglomérer ces différents composants, pendant trois ou quatre jours de transformation, laissant une odeur irrespirable dans toutes les usines chimiques qui la fabriquent.

Au bout de la chaîne de production, on retrouve cette gélatine bon marché, vendue moins de cinq euros le kilo, dans de nombreux produits, que ce soit certains des célèbres bonbons Haribo, des crèmes glacées, des confitures, de la margarine, des fromages, des gâteaux et bien entendu des yaourts, notamment les produits allégés (dont des produits Weight Watchers !). Cette gélatine permet de simuler le goût de gras et de donner du volume aux produits (sans pour autant augmenter le nombre de calories de chaque part) et de maintenir la texture du produit.

Toutes les plus grandes marques utilisent cette matière, et toutes se gardent bien d'en faire la publicité sur leurs produits : considérée comme un ingrédient à part entière, elle sera présentée comme simple « gélatine », considérée comme un additif gélifiant, elle n'apparaît que sous la mention E441.

Seul Haribo précise sur son site Internet qu'il utilise de la gélatine d'origine porcine depuis les années 1980. Nous ne pouvons que vous conseiller de bien faire attention à la liste des ingrédients lorsque vous faites vos achats. La gélatine de porc est également utilisée dans l'industrie, notamment pour la fabrication des gélules de nos médicaments, mais aussi pour la production des pellicules photo.

Caché dans certains aliments, le porc reste pour autant le produit phare de l'industrie agroalimentaire en France, où il est la viande la plus consommée, bien devant le bœuf. Lorsque l'on sait que deux millions de sandwiches au jambon – le fameux jambon beurre – sont vendus tous les jours en France, on imagine quel poids peut avoir cette industrie dans notre alimentation quotidienne.

Des jambons qui n'en ont que le nom

Le produit porcin par excellence reste bien évidemment le jambon, que l'on retrouve dans tous les supermarchés vendus en tranches sous vide, mais aussi dans de nombreux plats préparés et congelés, tels les croque-monsieur ou les pizzas. La qualité de ce jambon cuit grand public dépend de son mode de fabrication et de la présence, ou non, d'additifs dans sa composition.

Le jambon cuit supérieur, catégorie qui contient les jambons label Rouge ainsi que l'appellation « jambon de Paris », n'autorise en aucun cas l'utilisation de polyphosphates et de gélifiants, alors que 1 % de sucre est toléré dans sa composition. Le jambon cuit de choix, de deuxième catégorie, qui représente environ 15 % du marché du jambon, s'il ne contient pas de gélifiants, autorise la présence de polyphosphates.

Cet additif synthétique, constitué de sels de sodium, de calcium, de potassium et d'ammonium, et indiqué dans la liste des ingrédients sous le nom de E452, est utilisé depuis les années 1960-1970, afin d'alourdir les produits carnés. Cela permet aux fabricants de réaliser jusqu'à 200 kilos de jambon avec seulement la moitié de viande. Pouvant contenir de nombreuses impuretés, l'E452 pourrait être la cause de l'hyperactivité chez les enfants. Perturbant également le rapport calcium-phosphore et calcium-magnésium dans l'organisme, il cause des troubles digestifs.

Dilué dans la saumure, cette préparation dans laquelle est cuit le jambon, et injecté par des aiguilles, il permet à la viande de conserver l'eau dans laquelle elle a cuit, et facilite ensuite son tranchage, étant donné que sa texture devient plus ferme.

Au final, si vous consommez de la viande contenant des polyphosphates, vous consommez principalement de l'eau, comme le disait à l'époque Jean-Pierre Coffe, pour qui les industriels vendent de l'eau au prix de la viande. La présence de polyphosphates dans le jambon est néanmoins décelable facilement : il est en effet caoutchouteux et possède un aspect humide et brillant. Si les principaux fabricants ont depuis quelques années, sous la pression d'associations de consommateurs, arrêté d'utiliser des polyphosphates dans la préparation du jambon cuit de choix, on en retrouve néanmoins dans la dernière catégorie des jambons, les jambons cuits standard.

Ces produits, qui n'ont généralement de jambon que le nom, peuvent contenir jusqu'à 5 % d'additifs, tels que des exhausteurs de goût (du glutamate), des gélifiants ou des protéines de sang.

Les polyphosphates y sont allègrement ajoutés, ainsi que de la viande provenant d'autres parties du porc que de la cuisse (pattes arrière de la bête), qui seule peut être utilisée pour faire du jambon. Ainsi, il n'est pas rare de retrouver de l'épaule dans ces jambons premier prix.

Une enquête réalisée par la Radio Télévision Suisse (RTS) en 2004 est alarmante : sur 20 jambons étudiés, allant du jambon de qualité supérieure au jambon standard, tous les jambons premier prix montraient des taux très élevés de polyphosphates, mais également de collagène.

Pire encore : malgré les nombreux tests du laboratoire associé, l'origine de la viande composant ces jambons premier prix est inconnue, et donc douteuse. On ne sait pas par conséquent s'il s'agit de morceaux de cuisse, d'épaule, ou de toute autre partie de l'animal.

Mais ce n'est pas tout : le 28 juillet 2010, *Le Canard enchaîné* révélait les résultats d'une enquête menée pendant trois ans sur des rats par l'Institut national de la recherche agronomique (Inra) de Toulouse. Le but de cette étude était simple : déterminer l'impact sur la santé des nitrites (sels considérés comme de puissants cancérogènes) intégrés dans les jambons.

En effet, l'industrie agroalimentaire saupoudre ou injecte à l'intérieur du jambon vendu sous plastique des nitrites, afin d'ajouter de la saveur et de la couleur à la viande, et favoriser également la bonne conservation du produit, qui a tendance à virer au marron lorsqu'il est vendu sous vide.

Or, les chercheurs de l'Inra ont remarqué que les rats qui consommaient les viandes les plus chargées en nitrites étaient ceux qui développaient le plus grand taux de cancer du côlon, ce qui confirme les études montrant que les gros consommateurs de charcuterie avaient 20 % de risque de plus de développer un tel cancer.

Nitrites & co

Les chercheurs ont également noté que la dangerosité des nitrites était accentuée lorsque le paquet contenant le jambon restait ouvert plusieurs heures à l'air libre ; l'oxydation du jambon le transforme ainsi en poison. Cela signifie qu'il ne faut pas oublier de consommer directement votre jambon après ouverture, ou alors d'acheter des paquets plus petits, de deux ou quatre tranches.

Penchons-nous de plus près sur le mode de « production » de cette viande en France, puisque ce mot convient peut-être mieux que celui, traditionnel, d'élevage, étant donné que 96 % des porcs élevés en France le sont de manière intensive. Et pour cela, rendons-nous en Bretagne, région phare de l'élevage intensif, qui concentre près de 60 % de la production porcine française (environ 25 millions de bêtes abattues par an), et où l'on compte 3 porcs par habitant !

Une telle concentration (la Bretagne ne représente que 7 % du territoire français) d'élevages sur le territoire et une telle concentration de porcs dans ces élevages ont des impacts incroyables sur la qualité de la viande et le traitement infligé aux animaux, mais également sur l'environnement, et en particulier sur l'eau.

Regroupés dans des hangars, ces cochons de l'élevage intensif ne voient à aucun moment la lumière du jour. Retirés de leur mère à environ quatre semaines (contre trois à quatre mois pour les cochons venant de l'élevage traditionnel), ils sont généralement castrés peu après la naissance, afin d'éviter de donner à leur viande un goût peu apprécié par les consommateurs.

Cette opération était auparavant réalisée sans anesthésie, mais, depuis le 1er janvier 2012, la loi l'impose, ou du moins une analgésie prolongée.

Ce n'est pas la seule opération chirurgicale que subissent les animaux : en effet, concentrés dans des espaces très confinés, les porcs développent des tendances cannibales, et les éleveurs n'ont alors pas d'autres choix que de couper leurs queues et de meuler leurs dents pour éviter qu'ils ne se mangent entre eux.

Les porcs sont ensuite engraissés, afin de donner au plus vite un maximum de viande. Pour cela, on leur donne, en plus des traditionnels maïs ou soja, des farines composées dont l'origine est parfois inconnue. En plus de cette alimentation surchargée en protéines et bourrée d'additifs, et afin de favoriser la croissance des bêtes et de limiter la transmission de maladies, très aisée dans ces élevages confinés, on administre aux porcs de grosses doses d'antibiotiques, et ce, malgré une interdiction prononcée en 2006.

L'année suivante, le magazine *Marianne* révélait une énorme descente de police dans des élevages de quatre départements bretons, au départ pour une simple fraude au label. Mais les 150 gendarmes et les membres de la justice parisienne ont ainsi découvert que les éleveurs, affiliés à la société Brioviande, se livraient à une utilisation massive et abusive d'antibiotiques, et que leurs bêtes étaient fortement touchées par la maladie d'amaigrissement du porc (MAP), autrement appelée le sida du cochon, qui pourrait, selon certains médecins, être transmissible à l'homme : bref, les enquêteurs étaient face à un véritable scandale sanitaire.

Une industrie devenue folle

Les éleveurs, s'étant rendu compte de cette épidémie, ont alors fait appel à des techniciens, qui inoculaient de fortes doses d'antibiotiques, et cela sans aucun contrôle sanitaire, et bien au-delà des délais légaux, qui empêchent que les antibiotiques (des résidus) restent dans la viande destinée à être consommée par des humains. Plus grave encore, le développement de cette maladie aurait été en partie favorisé par l'utilisation massive des antibiotiques qui étaient censés l'annihiler !

Impact sur les porcs, possibles développements de maladies chez l'homme, l'élevage intensif a d'ores et déjà de lourdes conséquences sur son environnement proche. La preuve en est la multiplication des marées vertes en Bretagne depuis les années 1960, un phénomène qui s'aggrave considérablement depuis plusieurs années.

La cause ? Les déjections porcines. Comportant de grandes quantités d'azote et de phosphore, le lisier créé par les porcs est ensuite utilisé dans les cultures voisines et contamine les nappes phréatiques, dans lesquelles l'azote se transforme en nitrate. Par la suite, les cours d'eau (et donc l'eau potable) qui sont touchés voient la prolifération d'algues vertes être favorisée, phénomène qui peut causer la mort aux hommes et aux animaux qui s'en approchent. En 2007, 44 % des stations témoins placées sur les cours d'eau bretons affichaient des taux de 100 mg de nitrates par litre d'eau, alors que le taux autorisé n'est que de 50 mg par litre.

Pointés du doigt, les éleveurs de porcs ont tenté depuis quelques années de mettre en place des mesures qui permettraient de réduire l'impact de leurs élevages sur l'environnement, notamment en modifiant en partie l'alimentation de leurs bêtes et en augmentant leurs capacités de stockage du lisier. Si des efforts ont été accomplis, les résultats restent insuffisants, en partie parce que la taille de ces exploitations ne cesse d'augmenter.

Si bien que certains chercheurs sont allés jusqu'à établir le nombre de cochons qu'il faudrait « supprimer » pour que le taux de nitrate dans les sols bretons atteigne un niveau raisonnable. Et leur estimation fait véritablement froid dans le dos : la Bretagne élève trois millions de porcs en trop ! Et pour que l'élevage intensif n'ait plus d'impact sur son environnement, c'est près de 22 % de la production française qu'il faudrait amputer.

Une idée bien entendu catégoriquement rejetée par les éleveurs, soumis à des objectifs de croissance imposés par les grands groupes industriels, qui conviennent néanmoins que cette croissance devrait, à terme, être limitée en transférant notamment une partie de cette production intensive vers une agriculture plus limitée, mais à plus forte valeur ajoutée (et donc de meilleure qualité), qui pourrait compenser les pertes de revenu des éleveurs.

En attendant cette mutation de l'élevage porcin français, nous ne saurons que trop vous conseiller de limiter votre consommation de viande de porc d'origine industrielle, tant pour votre santé que pour la défense de l'environnement, mais également pour réduire les mauvais traitements infligés aux bêtes dans les élevages intensifs.

Même si la viande de porc issue de la production biologique est plus onéreuse que les produits disponibles dans les supermarchés, elle se rapproche bien plus de ce que nos grands-parents pouvaient savourer après le « jour du cochon ».

2

Le scandale de la viande de bœuf

La production de la viande de bœuf, très appréciée et de plus en plus consommée en France et dans le reste du monde, n'est, à l'instar de la viande de porc, pas exempte de graves problèmes et de dysfonctionnements.

Répondant aux mêmes impératifs de production que leurs homologues spécialisés dans l'élevage de porcs ou de volailles, les producteurs bovins et les tenants de l'industrie agroalimentaire n'ont pas hésité, et ce, depuis plusieurs décennies, à mettre en danger la vie de leurs troupeaux et des consommateurs, pour réaliser encore plus de profits et répondre à une demande à la croissance explosive.

Toujours est-il que, malgré les systèmes de précaution (qui se sont parfois montrés tristement perméables) mis en place pour limiter les effets néfastes de cette production intensive de viande bovine, le bœuf peut encore à l'heure actuelle être un aliment très dangereux pour la santé, et il risque d'être à nouveau au centre de scandales internationaux. Sans parler, bien entendu, de l'impact déplorable de cette production sur l'environnement et sur la production agricole mondiale, où l'on préfère cultiver des aliments pour nourrir le bétail plutôt que certaines populations, culture fortement énergivore et consommatrice excessive d'eau.

Un marché énorme

Productivité, croissance et dividendes. Voilà les principaux leitmotivs des entreprises agroalimentaires qui se livrent une bataille acharnée pour prendre la plus grosse part de l'énorme marché de la viande bovine.

Si la consommation de bœuf en France connaît une légère baisse depuis une dizaine d'années, en raison des crises sanitaires des années 1980-1990 (que nous verrons plus bas) et de la crise économique qui limite de facto les achats de produits frais, le bœuf ne connaît pas la crise dans le reste du monde, avec une production multipliée par deux entre 1970 et la fin des années 2000.

Les Américains sont de très gros consommateurs de viande de bœuf, tout comme les Australiens et la plupart des Européens, mais ils sont détrônés par certains pays sud-américains, comme l'Argentine et le Paraguay, qui consomment respectivement près de 57 et 60 kilos de bœuf par an et par habitant. Et l'émergence de certains pays, comme le Brésil et la Chine, fait également exploser la production mondiale.

Alors, comment répondre à cette demande ? La réponse est simple : optimiser au maximum les processus de production et élever plus rapidement des bêtes que l'on souhaite toujours plus grosses, quitte à prendre quelques libertés avec les obligations éthiques, sanitaires et morales.

C'est ainsi le cas des célèbres bœufs aux hormones américains et canadiens, qui sont au centre d'une très longue lutte internationale entre les lobbies du bœuf nord-américains et les pays de l'Union européenne.

Qu'est-ce que le bœuf aux hormones ? Afin d'accélérer la croissance et la masse de viande dite « maigre » de leurs bêtes, les éleveurs nord-américains ont très tôt opté pour des traitements médicamenteux hormonaux. Dès leur naissance, les jeunes veaux sont traités avec cinq hormones, trois naturelles (œstradiol, testostérone et progestérone) et deux artificielles (trenbolone et teranol), implantés derrière leurs oreilles dans de petites capsules, avec des dosages réglementés, mais le plus souvent laissés à l'appréciation des éleveurs et autres engraisseurs de bovins.

Les effets sont impressionnants : les bêtes grandissent plus vite (elles arrivent à maturité 15 à 20 jours plus tôt qu'une bête non traitée) et sont plus fortes. Selon la Fédération des producteurs de bovins du Québec, les hormones de croissance augmentent de 15 % la quantité de viande maigre produite, permettant ainsi aux éleveurs de « *fournir aux consommateurs le bœuf maigre qu'ils demandent et maintenir le prix du bœuf à des niveaux raisonnablement acceptables* ».

Graves dérives

Aux États-Unis, près de 96 % de bêtes abattues ont été auparavant traitées aux hormones. En Europe, si les autorités françaises préfèrent interdire de telles pratiques, certains éleveurs espagnols, belges et italiens tentent l'expérience. En Italie, au début des années 1980, un fabricant de petits pots pour bébés qui utilise de la viande de veaux traités au diéthylstilbestrol (une hormone synthétique interdite aux États-Unis dès 1972), est responsable de la mort de plusieurs nourrissons.

Suite à ce scandale, l'Union européenne prend officiellement parti en 1988 contre le traitement aux hormones, pose un principe de précaution pour la production en Europe et déclare un embargo sur le bœuf nord-américain (mais également australien et néo-zélandais) issu de cette production, car elle juge cette viande dangereuse pour la santé humaine, notamment pour la fertilité masculine.

Mesures « sanitaires » pour les Européens, « protectionnistes » pour les Américains, toujours est-il que le bœuf qui est autorisé à entrer en Europe ne doit pas garder de traces d'hormones. Débute ainsi une lutte qui va durer plus de 20 ans, où, en réponse aux interdictions européennes, les Américains surtaxent certains produits européens, dont le roquefort, la moutarde, le chocolat, les confitures, les jus ou les soupes.

Pour répondre aux attaques des lobbies américains, qui déposent de nombreux recours devant l'Organisation mondiale du commerce, les Européens font appel à des experts qui déclarent que *« des effets endocriniens, développementaux, immunologiques, neurobiologiques, immunotoxiques, génotoxiques et cancérogènes pourraient être envisagés »*.

Pire encore : le 22 avril 1999, le quotidien *Libération* révèle que des analyses effectuées par des laboratoires français et hollandais sur 500 échantillons de viande bovine américaine déclarée non traitée entrée en Europe ont montré que 12 % contenaient des résidus d'hormones, dont la MGA, strictement réservée aux femelles, mais dont on retrouvait pourtant des traces chez de jeunes mâles. Cette viande américaine est de plus transformée à son arrivée en Europe, ce qui empêche toute traçabilité de la part des consommateurs, qui ont alors de fortes chances de consommer à leur insu cette viande traitée…

Dix ans plus tard, les attaques américaines n'ont pas cessé, mais l'Europe campe sur ses positions malgré les menaces de voir le roquefort taxé à 300 %. Un terrain d'entente est finalement trouvé le 14 mars 2012 : l'embargo sur le bœuf aux hormones est maintenu et accepté par les Américains, en échange de l'augmentation de l'importation de viande bovine dite « de haute qualité » (c'est-à-dire non traitée), de 25 000 tonnes par an pour la viande américaine, et de 3 200 tonnes par an pour le bœuf canadien, soit 0,36 % de la totalité du marché du bœuf en Europe.

Cet accord est considéré comme « une belle victoire » par le député européen vert José Bové, qui apprécie que l'Europe ne soit pas revenue sur ses standards sanitaires tenus de protéger les consommateurs du Vieux Continent. Mais, avec une augmentation de la présence de viande d'origine américaine sur le sol européen, nous n'avons qu'à espérer que les contrôles réalisés par des laboratoires indépendants révèlent qu'aucune trace d'hormones ne s'y trouve…

Les États-Unis s'acharnent désormais sur un nouveau front : l'autorisation par l'Europe du traitement des carcasses et des découpes de bœuf à l'acide lactique. Ce traitement, censé vaincre des bactéries de type *E coli*[1], est soutenu par les industriels, mais il n'a pas pour l'instant prouvé son innocuité…

La vache est folle, l'agro-alimentaire aussi

L'autre grand scandale qui a touché la viande de bœuf ces dernières décennies est évidemment celui dit de « la vache folle », qui a mis en lumière les procédés plus que douteux élaborés par l'industrie bovine pour augmenter sa production, à l'encontre des règlements sanitaires les plus élémentaires.

Penchons-nous désormais sur les raisons d'un tel scandale, qui a mis plusieurs années avant d'être pris en compte et limité par les autorités françaises et européennes, mais pas toujours de la manière la plus efficace.

Toujours plus de productivité, pour des bêtes encore plus grosses et plus jeunes, et à moindre coût. Voilà la principale raison de cette crise de la vache folle, la plus grosse crise sanitaire qui a touché l'Europe, et principalement le Royaume-Uni, de 1986 aux années 2000.

Tout commence en Grande-Bretagne, à la fin des années 1970, lorsque les industriels de l'agroalimentaire décident de recycler certaines parties non consommées des carcasses de bovins pour être utilisées comme aliments pour les animaux d'élevage. Séparés des graisses par cuisson, puis réduits en poudre, ces morceaux impropres à la consommation humaine (os, cervelle ou moelle épinière notamment), appelés « farines animales », sont alors de plus

1. Voir le chapitre 8.

en plus utilisés par les éleveurs pour nourrir leurs bêtes, en raison de leur richesse en énergie et en protéines et de leur faible coût.

Ces farines sont d'abord stérilisées à haute température, mais, pour limiter les coûts, et qu'on puisse les vendre à meilleur marché, plusieurs étapes de cette stérilisation sont abandonnées au début des années 1980.

À cette époque, les industriels et éleveurs ne soupçonnent pas encore que ces farines contiennent un prion, une protéine résistant à de nombreuses étapes de stérilisation, contaminant les bêtes qui l'ingèrent, et développant alors une encéphalopathie spongiforme bovine (ESB), qui attaque irrémédiablement leur système nerveux.

Les premiers cas d'ESB sont reconnus en Angleterre en 1985-1986, et, un an plus tard, les scientifiques anglais soupçonnent les farines animales d'en être la cause. Mais le temps que ces farines soient interdites en Grande-Bretagne (mais pas à l'exportation), les restes des animaux contaminés ont été eux-mêmes transformés en farine, multipliant ainsi le risque de contamination.

La crise éclate, les premiers cheptels sont abattus en Angleterre. Néanmoins, la contamination se poursuit, l'interdiction de l'utilisation des farines animales sur le continent n'étant déclarée que 10 ans plus tard, en 1994... En 1996, le premier cas de transmission de la maladie à l'homme est déclaré en Angleterre, les importations de viande britanniques sont proscrites dans l'ensemble des pays de l'Union européenne, la consommation de la moelle épinière et des abats est interdite, les bovins de plus de 30 mois, les plus susceptibles de développer la maladie, sont systématiquement dépistés.

Mais il est déjà trop tard : le nombre de contaminations humaines explose, notamment en Angleterre et en France.

Les mesures prises ont été bien trop tardives. Si la France refuse de lever, comme l'ont fait les autres pays européens, l'embargo sur les importations de viande bovine anglaise en 1999, ce n'est qu'en 2000 qu'elle interdit l'utilisation des farines animales dans l'alimentation des autres animaux, soit près de 15 ans après le début de la crise ! Le 22 octobre de la même année, l'enseigne Carrefour demande à ses clients de rapporter la viande de bœuf achetée depuis le 7 octobre, car on soupçonne la présence de morceaux de bêtes contaminées.

La propagation se poursuit, touchant d'autres pays européens, comme l'Allemagne et le Portugal. En 2002, la France lève son embargo sur la viande anglaise. Depuis, si la crise semble contenue, quelques cas d'ESB se sont encore parfois déclarés dans les cheptels européens.

En 2009, on recensait un total de 214 victimes humaines de la maladie de Creutzfeldt-Jakob dans le monde, dont 168 en Angleterre et 23 en France, et l'on estime à environ 5000 le nombre de cas qui se déclareront dans un avenir proche dans le monde.

Des lobbies trop puissants

Abus des industriels de l'agroalimentaire européens, manque de réaction des autorités gouvernementales et sanitaires, la crise de la vache folle constitue le parfait exemple de ce que la course à l'argent peut avoir comme effets néfastes sur les consommateurs. Mais, alors que les dirigeants semblaient prendre des mesures radicales pour tenter de contenir la contamination, certains sont tout de même parvenus à les contourner.

Ainsi, comme avec le bœuf aux hormones américain, le bœuf britannique a réussi à passer les frontières françaises, comme l'affirme TF1 le 19 janvier 2007.

En effet, en pleine crise de la vache folle, et alors que l'embargo était censé frapper toutes les importations de viande britannique, la chaîne de restaurants Buffalo Grill avait, de 1996 à 1998, écoulé ses stocks par l'intermédiaire de la société irlandaise Vanstar Meats et des revendeurs français, comme l'ont prouvé des factures retrouvées dans les locaux de la société irlandaise par les enquêteurs français et britanniques, sans que l'on sache exactement où cette viande interdite a été commercialisée…

D'autres cas de transport illégal de viande anglaise dans la même période non encore découverts sont certainement à craindre. Mais la crise de la vache folle n'a, semble-t-il, pas donné de leçons aux gouvernements européens et aux entreprises d'agroalimentaire, puisque, dès 2008, des industriels ont demandé à l'Union européenne de réintroduire les farines animales dans l'alimentation des cheptels, afin de limiter l'augmentation du prix des aliments importés (tel que le soja), qui connaît une croissance exceptionnelle.

Si les farines animales de ruminants sont exclues, il s'agirait en fait de morceaux de porcs, volailles et poissons aptes à la consommation humaine, ne présentant, soi-disant, aucun risque pour les cheptels et les consommateurs.

En 2011, en France, le Conseil national de l'alimentation donnait un avis favorable à cette demande, alors que le ministre de l'Agriculture y restait fermement opposé. À l'heure actuelle, les farines animales sont toujours proscrites en France, mais les lobbies industriels n'ont toujours pas dit leur dernier mot.

La viande de bœuf que l'on trouve en France est-elle ainsi sans risque ? À en croire les autorités sanitaires et les industriels, grâce aux efforts réalisés pour la traçabilité des produits et le contrôle des élevages, il n'y a aucun danger à consommer de la viande achetée dans un supermarché.

Si vous avez des doutes, selon Yves-Marie Le Bourdonnec, auteur de *L'Effet bœuf*[1], il ne servirait à rien de se fournir chez un boucher : *« Je vais peut-être en choquer quelques-uns, mais je connais des bouchers parisiens qui vont jusqu'à acheter la même viande que les grandes surfaces »*, affirme le boucher breton, qui fustige dans son ouvrage la baisse de la qualité de la viande bovine, devenue *« grasse et molle »* à cause de la trop grande part de protéines et de céréales dans l'alimentation du bétail, au détriment de l'herbe, nourriture originelle des bovins. Boucheries et grandes surfaces, même combat ! Selon Le Bourdonnec, les grandes surfaces représentent 85 % de la boucherie française, et, sur les 15 % d'artisans bouchers, seuls 10 % s'approvisionnent directement chez un éleveur, alors que les 90 % restant proposent en réalité la même viande que l'on peut trouver dans les supermarchés, où l'on n'hésite parfois pas à « remballer » des morceaux de viande périmés, comme les scandales des années 1990 l'avaient prouvé, et ce, en toute légalité[2]…

Les dangers de la mondialisation

À l'étranger, les scandales concernant la viande bovine ne font pas non plus défaut et montrent que nul n'est à l'abri

1. Éditions Michel Lafon, 2012.
2. Voir le chapitre 20 sur les dérives du recyclage alimentaire.

des dangers de la mondialisation de l'industrie agroalimentaire, comme le prouvent ces quelques exemples récents.

Ainsi, en Italie, où il est autorisé d'utiliser des farines animales comme fertilisant, on les déverse sur des pâturages où se nourrissent certains troupeaux, ce qui revient au final à leur donner directement des farines animales, procédé pourtant proscrit au niveau européen.

En Chine, il n'est pas rare de voir des bêtes pâturer dans des décharges, où elles se nourrissent d'ordures, comme le révèle Wu Jiacheng, professeur de chimie à l'Université normale nationale de Taïwan, qui interpelle les autorités en précisant que la contamination au mercure du bétail est transmissible à l'homme et est très dangereuse.

En 2010, en Algérie, les consommateurs ont été surpris de voir arriver sur les étals 10 000 tonnes de viande bovine indienne, en plein mois de ramadan. Bien moins chère que la viande brésilienne et australienne que ce pays du Maghreb a l'habitude d'importer, ce produit (interdit de vente en Europe et aux États-Unis), importé selon des méthodes frauduleuses, serait susceptible d'être infesté par le sarcocyste, un parasite courant en Inde. Mais, pire encore, ce qui était présenté comme de la viande de bœuf n'était en réalité que du buffle indien !

Ainsi, en voyage comme en France (dont les frontières ne sont pas imperméables comme les exemples de la vache folle et du bœuf aux hormones l'ont montré, et qui n'est elle-même pas exempte de dysfonctionnements), la consommation de viande de bœuf n'est pas sans danger, comme nous l'exposerons dans les deux chapitres sur les risques directs pour notre santé.

Réduire sa consommation de viande rouge est ainsi le premier réflexe à adopter, mais nous ne saurons que trop conseiller à ceux pour qui le bœuf reste un plaisir, voire une nécessité, de bien choisir leurs produits en lisant attentivement les étiquetages, notamment les informations sur la provenance de la viande, le lieu de naissance, d'engraissement, d'abattage et de découpe de l'animal.

La traçabilité reste à l'heure actuelle pour le consommateur le meilleur moyen de se prémunir de tout risque sanitaire.

3

Dangereuses dioxines

Parmi les scandales alimentaires qui ont touché le marché ouvert européen au cours des 40 dernières années, les différents épisodes de contaminations à la dioxine, provenant de plusieurs pays du continent, ont été les plus retentissants. Ces crises de la dioxine ont fait progresser les mesures de contrôle et les réponses face aux alertes sanitaires au niveau européen, mais l'apparition de nouveaux événements inquiétants montre les limites de ces mesures et les excès d'un certain système. Retour sur les différentes crises de la dioxine.

La première crise de la dioxine n'est pas alimentaire, mais elle expose au grand public les dangers d'un tel produit. Le 10 juillet 1976, suite à une surchauffe, un nuage toxique s'échappe d'un réacteur de l'usine chimique Icmesa, en Lombardie. Ce nuage contient de la dioxine, mais pas n'importe laquelle. On dénombre 210 composés chimiques appartenant à la famille des dioxines, c'est-à-dire renfermant au minimum un atome de chlore, et appelés « congénères ». Parmi ces congénères, 17 sont considérés comme hautement toxiques, notamment parce qu'ils sont composés au minimum de 4 atomes de chlore et qu'ils s'accumulent aisément dans les graisses, animales ou humaines. Substances chimiques très stables (donc peu biodégradables), leur dangerosité est d'autant plus grande qu'elles ont une durée de vie importante.

À l'époque de la catastrophe de Seveso, du nom d'une des communes italiennes limitrophes de l'usine Icmesa, le grand public ne connaît pas le niveau de dangerosité de cette dioxine, ni même de laquelle il s'agit. Quatre jours après l'incident, des cas de chloracné (une maladie dermatologique rare due à l'exposition à des agents chlorés) apparaissent dans la population voisine de l'usine, essentiellement chez des enfants. La substance évacuée est alors identifiée : il s'agit de la dioxine 2,3,7,8-tétrachlorodibenzo-para-dioxine (TCDD), appelée plus tard « dioxine de Seveso », dont 1 à 5 kg ont été dispersés dans la nature.

Cette substance est en réalité la plus dangereuse de tous les congénères, et elle entrait dans la composition du tristement célèbre « agent orange », utilisé par l'armée américaine de 1961 à 1971 sur les forêts vietnamiennes, qui a contaminé entre 2,1 à 4,8 millions de Vietnamiens. En Italie, 193 personnes sont touchées par cette maladie de peau, 3300 animaux domestiques meurent d'intoxication, 70 000 têtes de bétail sont abattues, et les sols agricoles nécessitent de lourds travaux de décontamination.

Une bombe sanitaire

La dangerosité de la dioxine apparaît alors au grand jour. Les incinérateurs, les usines de pesticides et d'herbicides, ainsi que les usines de blanchiment de pâte à papier sont montrés du doigt. Les premières recherches montrent que l'homme est aussi exposé à des contaminations à la dioxine par l'entremise de son alimentation, et des limites sont indiquées.

Ainsi, le Conseil supérieur d'hygiène fixe un seuil maximal d'absorption de 1 pg[1] par kilo corporel et par jour, tandis que l'Organisation mondiale de la santé fixe cette limite à 4 pg. En 1997, la dioxine est classée par le Centre international de recherche sur le cancer comme « cancérogène pour l'homme ». Quelques années plus tard, cette inquiétude concernant une contamination à la dioxine est confirmée, et la bombe sanitaire explose.

Au début de l'année 1999, des éleveurs avicoles de Roulers, dans le nord de la Belgique, sont inquiets : leurs volailles mangent moins, pondent moins et présentent des signes neurologiques d'intoxication. Les coquilles de leurs œufs sont amincies.

Ne comprenant pas quel est le problème et ne parvenant pas à rapprocher ces symptômes à des maladies connues, mais soupçonnant une contamination alimentaire, ils contactent leur fournisseur de nourriture, la firme belge De Brabander. L'entreprise fait alors appel début mars à l'expert de son assurance, également fonctionnaire vétérinaire de l'Institut d'expertise vétérinaire exerçant sous l'égide des ministères belges de l'Agriculture et de la Santé, mais ce n'est que deux semaines plus tard que les services du ministère sont officiellement informés d'une probable contamination à la dioxine.

Entre-temps, des analyses sont en cours, et, à la fin du mois d'avril, le verdict tombe : la farine qui est donnée aux

1. Picogramme : soit un millionième de millionième de gramme.

poulets est contaminée à la dioxine, avec des taux incroyablement élevés. La source de contamination est rapidement trouvée : la société flamande Verkest, qui fournit la graisse mélangée à la farine donnée aux animaux. Cette graisse serait d'origine animale et végétale, mais l'entreprise, qui se fournit également auprès d'une société hollandaise, Fogra, recycle toutes sortes d'huiles.

Ainsi, à côté des huiles végétales et animales récupérées auprès des cantines, restaurants, fritures industrielles ou autres cuisines collectives, se trouvent collectées des huiles minérales, telles que des huiles pour moteurs, transformateurs ou machines diverses.

À un moment ou un autre de la chaîne de recyclage, les différentes huiles ont été mélangées, contaminant près de huit tonnes de graisse vendues par la société belge, dont les deux principaux dirigeants se retrouvent derrière les barreaux. Une dizaine de fabricants de farine destinée à la volaille auraient acheté cette huile contaminée, dont des entreprises allemandes, hollandaises, anglaises, belges et françaises.

Une fois mises au courant, les autorités belges n'en informent pas pour autant leurs partenaires européens. Alors que les analyses lui sont communiquées, le ministère de l'Agriculture demande seulement aux éleveurs de stopper leur livraison, mais on ne prend pas la peine de retirer du marché les marchandises, probablement contaminées, disponibles dans les supermarchés du pays.

Même le ministère de la Santé du royaume n'est pas averti ! En attendant, les analyses faites sur les poulets des éleveurs concernés tombent : on a retrouvé jusqu'à 741 pg de dioxine par gramme de poulet, alors que la dose journalière maximale fixée par l'OMS est de 4 pg !

Sachant que l'entreprise Verkest fournit des éleveurs en France, les autorités belges préviennent leurs homologues français, plusieurs semaines après avoir eu connaissance de la contamination. Même réaction du côté français, où l'on ne fait donner aucune alerte sanitaire.

Graves contaminations

Ce n'est que le 28 mai, soit un jour après la publication d'un communiqué belge indiquant qu'une « *grave contamination d'aliment pour bétail par les dioxines* » a été identifiée sur son territoire que les autorités européennes réagissent. En Belgique, le ministère de la Santé demande à ce que les poulets et les œufs incriminés soient retirés de la vente ; des dizaines de tonnes de viande congelée sont bloquées dans toute l'Europe.

En France, il faut attendre une semaine pour que les éleveurs ayant reçu les aliments pour le bétail et la volaille du fabricant belge soient identifiés et que leur production soit retirée du commerce.

Mais la contamination pourrait ne pas s'arrêter là : qu'en est-il effectivement des élevages porcins et bovins qui se fournissent également chez Verkest ? Et que faire des aliments fabriqués à partir des poulets et des œufs contaminés ? Alors que l'origine de la contamination n'est pas encore clairement connue, l'Union européenne interdit la commercialisation de poulet, d'œufs, de porc et de bœuf provenant des fermes contaminées, tout comme l'ensemble de leurs produits dérivés.

La France va même plus loin, interdisant « *l'importation de l'ensemble des animaux élevés en Belgique, entre le 15 janvier et le 1er juin 1999, quelle que soit l'espèce animale, ainsi que tous les produits qui en sont issus* ». De plus, 81 élevages français de volaille et 66 élevages de bovins voient leur production bloquée.

Devant le tollé généré par un tel scandale, le ministre belge de la Santé, Marcel Colla, et celui de l'Agriculture, Karrel Pinxten, démissionnent.

Six dirigeants de Verkest sont interrogés, tandis qu'une instruction pour faux en écriture, fraude aux marchandises et infraction à la législation sur les pesticides et les matières premières est ouverte.

Au niveau européen, on considère la gestion de la crise par la Belgique comme « plutôt chaotique », et un rapport pointe du doigt le manque de réactivité des pouvoirs publics, la perte de temps considérable qu'il en résulte, l'insuffisance de la circulation des informations, l'absence flagrante de coordination générale ainsi que d'une cellule de crise rapidement mise en place pour centraliser et coordonner les réponses.

Le rapport remonte également aux origines de la crise. La société Verkest, qui bénéficie alors d'un quasi-monopole en Belgique, est coupable de fraude « *sur la composition des graisses pour l'alimentation animale, en incorporant des huiles de friture recyclées dans une proportion estimée à un tiers* ».

La société Fogra, spécialisée dans la récupération d'huiles de toute provenance, est également inquiétée, notamment pour l'utilisation d'un procédé de liquéfaction des graisses engendrant des contaminations par des substances chimiques indésirables, telles que des peintures ou de la rouille. L'entreprise chargée du transport pour Verkest est elle aussi menacée, en raison de certaines pratiques allant à l'encontre des mesures sanitaires élémentaires, comme l'usage de citernes qui ne sont jamais nettoyées entre chaque chargement.

Les crises se succèdent

La crise passe, et les réglementations européennes se consolident, abaissant considérablement la limite réglementaire de dioxine présente dans l'alimentation des animaux et en augmentant les contrôles. Mais ne faut-il pas remettre en cause tout un système, régi seulement par l'appât du gain ?

Car, malgré toutes les mesures prises au niveau européen, le *chicken gate*, comme on a appelé la crise de la dioxine belge, n'est malheureusement pas le dernier épisode de contamination de produits alimentaires destinés à la consommation humaine. Loin de là.

En effet, moins de 10 ans après la crise belge, c'est du côté de l'Irlande qu'une autre crise sanitaire se déclenche. Suite à un contrôle de routine réalisé fin novembre 2008 auprès de neuf élevages de porcs du pays, des traces de polychlorobiphényles (PCB) – un polluant assimilé à de la dioxine – sont retrouvées dans de la graisse de porc.

Mises en place suite au précédent belge, les mesures d'isolement des sources de contamination sont alors appliquées par l'agence de sécurité alimentaire irlandaise, qui rappelle l'ensemble des aliments à base de porc produits dans le pays depuis le 1er septembre et exportés. Mais certains de ces produits ont déjà passé la frontière, notamment en France et en Belgique, où l'on retrouve d'ailleurs des produits à base de porc contaminés lors de contrôles à la frontière. De plus, l'agence ordonne la destruction des produits commercialisés en Irlande, et les neuf élevages de porcs sont fermés.

En France, ce sont 1600 tonnes de viande de porc qui ont passé la frontière. Les six entreprises qui les ont importées ont été contactées et procèdent au retrait des produits incriminés, notamment du bacon et du jambon.

Comme pour l'épisode belge, ce sont des huiles destinées à l'alimentation des bêtes qui sont suspectées, et, quelques jours après l'annonce de la crise sanitaire, l'origine de la contamination est trouvée : il s'agit d'une usine du groupe Millstream Power Recycling Limited, spécialisée dans le recyclage de déchets de boulangerie, qui aurait intégré à la nourriture destinée aux porcs une huile utilisée pour faire fonctionner des machines de séchage des produits de boulangerie…

Mais, quelques jours plus tard, les autorités sanitaires irlandaises se rendent compte, après des tests effectués sur des élevages bovins, que la contamination n'est pas limitée aux porcs : sur 11 troupeaux de bœufs testés, 3 d'entre eux présentent en effet des traces de PCB.

Au total, ce sont 10 élevages de porcs et 38 élevages de bovins en Irlande, ainsi que 9 élevages de porcs en Irlande du Nord qui ont reçu la nourriture animale contaminée. Mais, contrairement aux produits issus de la viande de porc, le ministre de l'Agriculture irlandais, Brendan Smith, estimant que les risques pour les consommateurs sont *« extrêmement faibles »*, exclut de demander le retrait des produits contaminés, afin de ménager une filière qui représente la principale richesse du secteur agricole irlandais…

Si les autorités sanitaires et le gouvernement irlandais semblent avoir géré cette crise avec plus de compétence que leurs homologues belges, les leçons de tels épisodes ne sont pas pour autant tirées, puisque, trois ans plus tard, la dioxine fait de nouveau parler d'elle, et toujours pour les mêmes raisons, mais cette fois-ci en Allemagne.

Au début du mois de janvier 2011, le ministère de l'Agriculture allemand reconnaît que plus de 136 000 œufs contaminés à la dioxine ont été exportés le mois précédent aux Pays-Bas et au Royaume-Uni, et que des niveaux de dioxine 2 fois supérieurs à la limite autorisée ont été décelés dans plusieurs élevages de volailles.

À titre préventif, le ministère fait fermer 4700 exploitations agricoles, pour l'essentiel situées en Basse-Saxe, dans le nord du pays, mais aussi en Rhénanie du Nord, dans le Schleswig-Holstein et en Saxe-Anhalt.

Après les œufs et les volailles, ce sont des porcs qui présentent des taux anormalement élevés de dioxine : les animaux sont alors abattus, et leurs carcasses, brûlées, afin d'éviter une nouvelle contamination. Les autorités, comme lors des précédents épisodes européens, suspectent une contamination provenant d'huiles destinées à la consommation animale, et le coupable est rapidement trouvé : il s'agit de la société Harles et Jentzsch, basée dans le nord du pays, qui produit à la fois des graisses destinées à des applications industrielles et à de l'alimentation pour animaux, ce qui est interdit par la loi.

Trois mille tonnes de produits alimentaires fournis par l'entreprise à des élevages allemands contaminés ont été diluées dans des compléments alimentaires pour animaux, contaminant au total 150 000 tonnes de denrées destinées à des élevages de volailles, de poules pondeuses et de porcs.

Le ministère de l'Agriculture accuse la société de pratiques criminelles, puisque la quantité de matière contaminée ne peut décemment résulter d'une erreur. Après enquête, on se rend compte que Harles et Jentzsch, qui dépose alors rapidement le bilan, s'adonnait à des fraudes fiscales et à diverses escroqueries, en plus des infractions à la législation sanitaire. *« Beaucoup de choses laissent penser que l'entreprise a trompé ses clients et a transformé des acides gras de faible qualité en aliments à bétail chers »*, déclare même un porte-parole du ministère de l'Agriculture allemand.

La société aurait également dilué des graisses qu'elle savait contaminées à la dioxine jusqu'à ce que leur taux ne dépasse plus les limites autorisées. Pire encore, selon le *Hannoversche Allgemeine Zeitung*, des analyses effectuées par le fabricant en mars 2010, soit près d'un an avant le scandale, révélaient la présence de dioxine dans les huiles commercialisées.

Mais ces contrôles ont été effectués par la société elle-même, qui s'est bien gardée d'en avertir les autorités et ses clients, espérant passer entre les mailles du filet. Ce sont les analyses faites par l'un de ses clients qui sont à l'origine du scandale…

Ce n'est qu'après ce énième épisode de contamination d'aliments destinés à la consommation humaine que les autorités européennes tentent de légiférer sur la fabrication de compléments alimentaires. Mais une question se pose avant tout : existe-t-il un intérêt autre qu'économique à donner à du bétail des compléments alimentaires comportant des graisses ? Pourquoi ces scandales à répétition n'incitent-ils pas les autorités sanitaires à interdire purement et simplement de tels procédés ?

On en revient alors encore et toujours aux annonces de renforcement des contrôles, qui connaissent toutefois des limites : les moyens donnés aux agences sanitaires nationales sont trop faibles, et les analyses, trop coûteuses pour que leur champ d'action soit réellement efficace, et certaines entreprises aux méthodes frauduleuses peuvent alors passer entre les mailles du filet.

De plus, ces contrôles sont réalisés sur les têtes de bétail, les produits alimentaires qu'on en fabrique, qu'on a déjà mis en vente ou, un peu plus en amont, sur les aliments qui sont destinés aux bêtes. Comme la découverte d'une contamination à la dioxine n'arrive en général qu'une fois le mal fait, elle met considérablement en danger la santé des consommateurs.

Après la crise allemande, l'Organisation mondiale de la santé animale a osé déclarer que cet épisode démontre que *« le système d'alerte fonctionne »*... Mais n'est-il pas possible de les éviter purement et simplement ?

Les épisodes se suivent et les causes se ressemblent : la solution ne serait-elle pas alors de contrôler, directement chez les fournisseurs, les matières premières servant à la fabrication de ces compléments, et éviter ainsi que des lots contaminés n'entrent dans leur composition avant qu'ils ne soient donnés aux bêtes ?

Peut-être faudra-t-il attendre un nouveau scandale de contamination à la dioxine pour que de telles mesures, qui ne sont que des solutions de bon sens, ne soient effectivement mises en place...

4

Les risques directs pour notre santé (1)

Intoxications alimentaires, contamination légère ou maladies graves, les risques directs pour la santé des consommateurs sont bien trop nombreux pour que nous les exposions ici, dans ce chapitre et le suivant.

Nous avons déjà vu dans les chapitres précédents (et nous verrons d'autres exemples dans les parties suivantes) que les scandales alimentaires qui ont défrayé la chronique, nés de pratiques illégales et souvent ponctuelles, pouvaient être l'origine de contaminations massives, notamment la maladie de Creutzfeldt-Jakob, provoquée par la maladie de la vache folle.

C'est pourquoi nous avons décidé de nous pencher avant tout sur des pratiques peu connues du grand public, qui n'ont pas été au centre de grands scandales médiatiques, mais qui mettent tout autant en danger la santé des consommateurs. En premier lieu, l'utilisation excessive et abusive des antibiotiques dans les élevages intensifs, qui montre que les pratiques mêmes de l'agroalimentaire, répondant pourtant à des réglementations très strictes, mettent en danger la santé humaine.

La promiscuité folle des animaux dans les élevages intensifs, et les conditions sanitaires frôlant (et dépassant parfois) les limites de la légalité, exposent volailles, porcs, vaches et autres animaux d'élevage à de nombreuses maladies et infections, qui peuvent se transmettre à très grande vitesse.

Ainsi, les éleveurs ont depuis des décennies recours à des antibiotiques, afin de limiter le taux de mortalité dans leur troupeau.

D'après l'Organisation mondiale de la santé, environ 50 % des antibiotiques produits dans le monde sont destinés aux animaux, que ce soit pour guérir les individus malades, pour prévenir les infections bactériennes des bêtes à risque, ou pour favoriser leur croissance et par le fait même augmenter la productivité des élevages.

Aux États-Unis, cette proportion monte même jusqu'à 80 %, et en France, ce sont 1000 tonnes d'antibiotiques qui ont été vendues en 2009 à destination des animaux, dont 92 % pour les animaux de ferme. Le porc en reçoit 44 %, les volailles, 22 %, tandis que les bovins en reçoivent 16 %.

Certes, une partie de ces antibiotiques est administrée par des vétérinaires pour soigner des bêtes malades, mais très souvent on décide de traiter tout le troupeau sans se soucier de faire un tri entre les animaux infectés et les animaux sains.

Parfois, on administre des antibiotiques, sans aucune prescription, à des taux un peu plus raisonnables, afin d'éviter que les conditions d'hygiène déplorables ne mettent en péril la survie des troupeaux.

Antibiotiques : la nouvelle menace

Mais c'est surtout l'utilisation abusive d'antibiotiques comme complément alimentaire, afin d'accélérer la croissance des porcs, poulets, dindes, bovins, et même des saumons, qui pose un réel problème pour la santé humaine, principalement à cause de l'augmentation de l'antibiorésistance, c'est-à-dire le renforcement de certaines bactéries qui se développent chez les animaux et qui peuvent, selon l'Institut de veille sanitaire « *être transmises à l'homme, principalement par l'alimentation. Elles peuvent être rejetées dans l'environnement avec les excréments animaux, être présentes dans l'eau, contaminer la viande lors de l'abattage, et se retrouver dans nos assiettes si la température de cuisson est insuffisante pour les détruire* ».

Deuxième cause de maladie incurable chez l'homme (la première place étant occupée, bien entendu, par notre surconsommation d'antibiotiques), mettant également en échec certains schémas thérapeutiques lors du traitement de maladies infectieuses humaines, cette résistance aux antibiotiques est, selon Antoine Andremont, chef du laboratoire de bactériologie médicale de l'hôpital Bichat, « *une menace extrêmement sérieuse pour l'avenir* ».

Alors, comment ces bactéries peuvent-elles résister à ces antibiotiques, et quelles sont-elles ? Tout d'abord, ces antibiotiques sont délivrés, sans prescription, sur de longues périodes, et sans cibler de bactérie en particulier, ce qui vient à l'encontre des principes de base de la médecine antibactérienne qui veulent qu'un médicament réponde à une infection précise et que la durée du traitement permette son contrôle.

Or, ils sont administrés tout au long de la vie des bêtes, et arrêtés seulement quelques jours avant leur abattage, afin d'en éliminer (faussement) les traces, appelées résidus d'antibiotiques, qui peuvent entraîner des réactions allergiques et altérer la flore intestinale des consommateurs.

De plus, ces antibiotiques sont administrés à très faible dose, généralement trois fois plus faible que la normale, et c'est justement cette prescription, dite « subthérapeutique », qui favorise l'antibiorésistance : habituées à combattre ces antibiotiques, constamment dans l'organisme des bêtes, mais en trop faible nombre pour pouvoir les tuer, les bactéries se renforcent, au point d'être incontrôlables.

Elles se propagent ensuite entre les bêtes et peuvent survivre pendant de longues périodes, ce qui leur permet de transmettre même leur résistance à d'autres bactéries. Elles peuvent également se transmettre aux humains qui sont en contact avec ces animaux, et principalement les fermiers, comme l'ont montré des études aux Pays-Bas, en Italie, au Canada et aux États-Unis, où les mêmes souches de staphylocoque doré résistantes à la méthicilline ont été retrouvées à la fois chez les humains et chez les bêtes. Toujours aux Pays-Bas, une étude a révélé que 94 % du poulet vendu au détail était contaminé par des souches d'*Escherichia coli*, résistantes aux bêta-lactames…

L'Europe ne reste bien entendu pas indifférente face à cette augmentation du nombre de bactéries antibiorésistantes, qui seraient la cause de 25 000 morts par an sur le continent.

Dès 1998, les antibiotiques qui pouvaient présenter une résistance croisée avec des médicaments prescrits chez l'homme ont été interdits.

Bactéries mortelles

Puis, en 2006, l'Union européenne a interdit les antibiotiques comme facteurs de croissance dans l'alimentation animale. Néanmoins, d'autres molécules ont pris le relais, avec une efficacité clinique identique, mais pour des doses plus faibles.

Parmi ces nouvelles molécules, les plus utilisées font partie de la famille des fluoroquinolones. Or, on a remarqué que, depuis leur introduction dans l'alimentation animale, les bactéries telles que la salmonella et le campylobacter sont de plus en plus résistantes chez les bêtes, dans les aliments, et chez l'homme.

Ces deux bactéries comptent parmi les principales causes des toxi-infections alimentaires collectives (TIAC) et causent généralement des poussées de fièvre, des douleurs abdominales, des diarrhées, des vomissements, et parfois pire, telles que des septicémies et des déshydratations sévères pouvant s'avérer mortelles. On compte environ 8000 cas de salmonellose et 3000 cas d'infections au campylobacter par an en France, pour, respectivement 300 et 15 cas mortels par an.

Alors, faudrait-il interdire le recours à ces nouvelles molécules pour éviter de nouvelles intoxications dues à des bactéries antibiorésistantes ?

Si certains vétérinaires minimisent leur utilisation actuelle et prétendent que la résistance des microbes aux médicaments est « dans l'ordre des choses », certaines études montrent qu'un arrêt de leur utilisation n'aurait qu'une incidence minime, voire néfaste, sur la santé humaine ! En effet, en ce qui concerne la transmission de l'antibiorésistance aux fluoroquinolones par les bactéries de la famille des campylobacter, l'une des seules situations où de véritables études existent, des modèles ont montré que le retrait partiel des antibiotiques dans l'alimentation des poulets se traduirait par une diminution presque imperceptible du nombre d'humains intoxiqués par des bactéries résistantes, tandis que leur arrêt total se traduirait par une augmentation importante du nombre de bactéries responsables d'intoxications alimentaires, et donc du nombre de personnes victimes de TIAC…

Le piège est ainsi refermé, et il n'est désormais plus possible de revenir en arrière dans le système imposé par les tenants de l'industrie agroalimentaire. Les modes de production intensifs (promiscuité et hygiène) requièrent une utilisation constante de médicaments, qui eux-mêmes provoquent le renforcement de bactéries, qu'il n'est plus possible de limiter, si ce n'est en ayant recours à des médicaments encore plus puissants. Ce système n'est rien d'autre qu'un cercle vicieux.

Pour illustrer l'absurdité d'un tel système, miné par des soucis d'ultra-productivisme, intéressons-nous dès maintenant à l'un de ces scandales liés à l'utilisation massive d'antibiotiques vétérinaires.

Il s'agit d'une affaire concernant Monsanto, largement passée sous silence en France, qui a été au centre d'une large polémique aux États-Unis dans les années 1990. Cette affaire concerne le Posilac, une hormone de croissance développée au début des années 1990 par le groupe spécialisé dans les biotechnologies, et qui est l'un de ses premiers produits destinés à la production laitière.

Le principe de cette hormone de croissance transgénique, également appelée somatotropine bovine recombinée, est simple : il s'agit de réintroduire chez des vaches cette hormone naturellement sécrétée par l'hypophyse après la naissance d'un veau et qui stimule la production de lait. Suite à des manipulations génétiques, cette hormone est introduite dans le gène de la bactérie *Escherichia coli* et elle permet, selon les sources, d'augmenter de 15 à 20 % la production laitière des vaches traitées.

Les essais ont été menés dans les années 1980 par Monsanto sur des troupeaux de leurs fermes expérimentales, et l'hormone a été homologuée par la Food and Drug Agency avant d'être mise sur le marché en 1994.

Effets secondaires

Seulement, les effets secondaires sur les vaches traitées sont très importants et ne sont malheureusement pas limités à elles.

Cassant le cycle naturel de production de lait de la vache (qui en produit naturellement plus après vêlage et moins après l'allaitement de son veau), cette hormone a tendance à faire chuter, à court terme, le taux de fécondité des vaches traitées, et parfois à les rendre stériles.

Un deuxième effet secondaire est la multiplication des cas de mammites, allant jusqu'à 40 % dans un troupeau traité, contre 10 % en moyenne dans des troupeaux non traités à haut rendement de production. La mammite est une inflammation des mamelles due à la présence de cellules inflammatoires et de bactéries dans le canal du trayon.

Elle altère la composition du lait, dans lequel on retrouve du pus, dû à l'augmentation de globules blancs, mais aussi des grumeaux et des anomalies de consistance, de couleur et d'odeur.

D'autres effets secondaires sont indiqués par le fabricant, dont l'augmentation des cas de cystite des ovaires et des troubles utérins, une diminution du temps de gestation et du poids des veaux, des montées de fièvre, des indigestions et des diarrhées, mais le plus inquiétant est néanmoins l'accoutumance des vaches à cette hormone : l'arrêt de ce traitement, parfois appelé « crack des vaches », peut ainsi provoquer des symptômes de manque chez les vaches et entraîner leur mort.

Mais revenons à ces cas de mammite, puisqu'elle a un effet direct sur la qualité du lait, et donc sur la santé des consommateurs. Pour circonscrire ses effets, les éleveurs sont en effet contraints de traiter leurs vaches à l'aide d'antibiotiques, qui peuvent se retrouver par la suite dans le lait commercialisé (contamination par les résidus d'antibiotiques).

De plus, l'usage d'antibiotiques favorise l'émergence de bactéries résistantes aux antibiotiques, comme le rappelle l'Agence européenne du médicament, qui pointe du doigt deux catégories d'entre eux, les fluoroquinolones et les céphalosporines, notamment utilisés pour le traitement des pathologies mammaires et que nous évoquions plus haut.

Ces bactéries résistantes sont transmissibles à l'homme par le lait. Mais le Posilac lui-même se retrouve directement dans le lait, en particulier sous la forme IGF-1, qui est une hormone de croissance commune aux vaches et aux humains, dont la surconcentration peut altérer le système immunitaire humain.

À terme, des études ont indiqué que cette surconcentration d'IGF-1 pourrait être l'origine de cas de cancer du sein, de la prostate et du rectum, de l'augmentation de cas de diabète sucré, tout comme de l'augmentation du taux de naissance de jumeaux chez les humains…

Pourtant, cette hormone a été homologuée aux États-Unis en 1993, et elle est, dès les années 1990-2000, le produit vétérinaire pour vaches laitières le plus vendu dans ce pays. Elle est utilisée sur près du tiers des vaches laitières du pays.

Aucune loi n'exige que l'étiquetage des briques de lait indique la présence d'hormone dans le lait, Monsanto attaquant toute entreprise qui souhaite préciser sur leurs briques que leur lait ne contient pas d'hormones (sous prétexte qu'il est faux de prétendre que le lait ne contient aucune hormone !).

Cette hormone avait également fait l'objet de vifs débats, et ce, bien avant sa mise sur le marché. D'abord, Richard Burroughs, expert de la Food and Drug Agency chargé d'étudier dès les années 1980 la mise sur le marché de cette nouvelle hormone, demande de reconduire les études sur trois ans, suite à de nombreuses imprécisions dans les documents fournis par Monsanto.

Trois ans plus tard, il prévient sa hiérarchie, indique que le protocole appliqué par l'entreprise n'est pas fiable, que les résultats sur l'augmentation de cas de mammite sont minimisés, tout comme l'utilisation d'antibiotiques pour les soigner, qu'il soupçonne être la gentamicine et la tétracycline, deux médicaments interdits pour les troupeaux laitiers.

Sans explications, Richard Burroughs est licencié une année plus tard. En parallèle, le scientifique américain Samuel Epstein poursuit les recherches sur cette hormone et se rend compte que du lait et de la viande des vaches appartenant aux fermes expérimentales ont été mis sur le marché bien avant l'autorisation de la FDA ! Une enquête est menée, mais l'hormone est tout de même autorisée…

La protection trouble de cette hormone et le souci de cacher ses effets les plus nocifs ne s'arrêtent pas là : en 1996, sur demande de la chaîne de télévision floridienne WTVT, affiliée à la Fox, les journalistes Steven Wilson et Jane Akre écrivent un documentaire sur les effets néfastes de l'hormone sur les humains.

En voyant le résultat, la chaîne de télévision refuse le script et demande aux journalistes d'en reprendre l'écriture en se servant, cette fois, des données fournies par Monsanto.

Après la rédaction de 80 versions différentes, le projet est abandonné, et les deux journalistes sont licenciés. Le documentaire *The Corporation* raconte cette histoire rocambolesque.

Mais qu'en est-il du Posilac dans le monde ? Si le Japon, l'Australie, le Canada et la Nouvelle-Zélande ont tout de suite refusé la commercialisation de l'hormone sur leur sol et l'utilisation par leurs agriculteurs, l'Union européenne a tout d'abord déclaré, en 1990, que son usage ne posait aucun problème pour la santé, alors même que les résultats des analyses n'étaient pas encore connus. Puis, en 1993, un moratoire a été établi par l'ensemble de ses membres, qui a toujours cours à l'heure actuelle.

Aux États-Unis, Monsanto a annoncé en 2008 l'arrêt de ses unités de production du Posilac, alors que les ventes de lait traité commençaient à chuter sérieusement sous la pression toujours plus forte des consommateurs. Mais la production et la vente de Posilac ne sont pas stoppées pour autant, puisque le brevet a été acheté par le laboratoire pharmaceutique Eli Lilly.

Une partie de la production laitière américaine est ainsi encore issue de vaches traitées par cette hormone, et les consommateurs de lait américain ne sont pas à l'abri de nombreux problèmes de santé.

Dans le monde entier, que ce soit pour les animaux ou pour les humains, l'industrie pharmaceutique a encore de beaux jours devant elle...

5

Les risques directs pour notre santé (2)

Intéressons-nous désormais aux grandes épidémies causées par les abus de l'industrie agroalimentaire et qui ont fortement menacé la santé du grand public, qui la menacent toujours aujourd'hui, et qui restent encore des risques très importants pour les prochaines années et décennies. Bien que non contagieuse et non infectieuse, l'obésité est reconnue comme une maladie depuis 1997 par l'Organisation mondiale de la santé et est considérée depuis de nombreuses années comme une pandémie, c'est-à-dire une épidémie couvrant une très large zone géographique.

Définie comme une *« accumulation anormale ou excessive de graisse corporelle qui peut nuire à la santé »*, allant du simple surpoids à l'obésité morbide, l'obésité a doublé à l'échelle mondiale depuis 1980, et elle touche désormais 1,4 milliard de personnes de plus de 20 ans dans le monde, et 43 millions d'enfants de moins de 5 ans. Si les États-

Unis détiennent le record mondial de personnes obèses[1], le Mexique, l'Argentine, le Canada, l'Australie et l'Europe ne sont malheureusement pas en reste. Et si l'Allemagne et l'Angleterre occupent les premières places du continent, avec environ 23 % de personnes obèses en Allemagne (et 75 % d'hommes en surpoids !) et des chiffres quasi équivalents pour le Royaume-Uni, la France n'est pas exempte de cette tendance au surpoids, au point que les autorités sanitaires ne cessent de tirer la sonnette d'alarme.

De nos jours, en France, 1 enfant de 3 à 17 ans sur 5 est en surpoids, tout comme 32 % de la population adulte. À ce rythme de croissance, la France pourrait rejoindre le taux d'obésité des États-Unis d'ici 2020 ! Et les complications médicales liées au surpoids et à l'obésité sont gravissimes, puisque l'OMS estime que chaque année l'obésité est la cause directe de 2,8 millions de décès dans le monde.

Surpoids et obésité

L'obésité a des conséquences très lourdes sur la santé : diabète, hypertension, maladies cardiovasculaires et respiratoires, atteintes articulaires, ainsi que certains cancers (vessie, pancréas, estomac, sein, rein, œsophage, leucémie), et même l'apnée obstructive du sommeil. L'obésité diminue considérablement l'espérance de vie des malades, et on estime en France à environ 100 000 morts par an causées, directement ou indirectement, par le surpoids.

En France, les pouvoirs publics ont trouvé la raison de cette forte augmentation des cas de surpoids, notamment

1. La part d'adultes en surpoids était en 1997 de 19,4 % ; en 2008, elle était passée à 33,8 %.

chez les enfants et les jeunes adultes : l'industrie agroalimentaire et les fast-foods. Les campagnes publicitaires incitant les Français à faire plus d'exercice et à manger moins de produits riches en graisses saturées, sel et sucre, ont depuis fait leur apparition sur les ondes du pays, mais les autorités veulent aller plus loin en demandant aux tenants de l'industrie agroalimentaire de mieux élaborer leurs produits : réduction des apports lipidiques, réduction des acides gras saturés, réduction des sucres simples, augmentation des fibres et réduction du sel.

La publicité pour les produits gras, sucrés et salés, qui vise directement les enfants est aussi dans le collimateur des autorités. Le grignotage est ainsi l'un des principaux facteurs de l'obésité : la consommation des confiseries et chips, riches en sucre et en graisse (alors qu'ils sont relativement très pauvres en vitamines, micronutriments et minéraux), a considérablement augmenté en France ces 10 dernières années.

Les industriels ne manquent pas de cacher le surplus de produits néfastes pour la santé en mettant en avant d'autres éléments, comme « enrichis en vitamines » ou « riches en calcium et magnésium », mais il n'en demeure pas moins que la plupart des produits transformés augmentent le risque de développer du surpoids chez les enfants comme chez les adultes[1].

On ne saurait alors que trop vous conseiller d'éviter le grignotage entre les repas, de limiter votre consommation de produits transformés vendus en grande surface et de privilégier les produits frais, cuisinés à la maison, afin d'éviter de vous exposer, vous et vos enfants, à cette épidé-

1. Voir les chapitres sur la malbouffe et le cas McDonald's.

mie qui pèse très fortement sur les dépenses publiques et qui pèsera encore plus dans les prochaines années.

Comme le rappellent tous les médecins, la pratique régulière d'un sport ou d'une activité physique permet également de se prémunir contre une trop forte prise de poids. Souvent, faire de l'exercice et manger sainement valent mieux qu'un régime strict (qui peut parfois se révéler très dangereux), comme nous le verrons dans le chapitre sur les compléments alimentaires.

Si l'obésité est certainement la pandémie causée par l'agroalimentaire la plus visible dans le monde, et la source de nombreuses maladies très graves, d'autres épidémies liées à l'alimentaire ont défrayé la chronique ces dernières années. Ces épidémies causent des dangers très importants pour la santé publique, comme l'a montré la crise de la vache folle, qui a entraîné la mort de plus de 200 personnes dans le monde.

Mais penchons-nous plutôt sur les volailles, qui ont été, et sont encore de nos jours, au centre de nombreuses infections massives, la plupart du temps causées par les modes de production industrielle, et ce, dans le monde entier.

Poulets et infections urinaires

Récemment, des études ont démontré que la plupart des infections urinaires qui touchent les humains (et principalement les femmes) sont tout simplement causées par la consommation de poulets touchés par la bactérie *E coli*, dont nous vous parlerons plus longuement dans le chapitre 8. Contaminant la viande de volaille lors de l'abattage, cette bactérie, de plus en plus résistante aux antibiotiques, se retrouve ensuite dans le canal urinaire des personnes atteintes et provoque des infections qui sont de plus en plus difficiles à soigner à cause justement de la résistance de la bactérie aux médicaments.

Si les infections urinaires ne font pas partie des maladies considérées comme graves, elles n'en restent pas moins sources de nombreux désagréments, et leur prolifération n'est pas près de s'arrêter.

Les volailles ont été par ailleurs à l'origine de certaines des plus importantes pandémies causées par l'industrie agroalimentaire dans le monde. La plupart trouvent leur foyer en Asie, mais cet éloignement tout relatif ne nous met en aucun cas à l'abri, comme l'ont montré les épisodes du SRAS et de la grippe aviaire.

Première maladie grave et transmissible à émerger au XXIe siècle, le syndrome respiratoire aigu sévère (SRAS) apparaît en Chine à la fin de l'année 2002 et se répand à travers le monde comme une traînée de poudre, créant une panique planétaire.

En novembre 2002, dans la ville chinoise de Canton, une personne est infectée par une pneumopathie d'un genre nouveau, ressemblant à une sorte de grippe. En quelques semaines, le nombre de cas dans la province chinoise du Guandong explose, sans que les autorités chinoises semblent réagir avec empressement et comprendre d'où provient cette maladie d'un genre nouveau.

En février 2003, 800 personnes sont déjà touchées et présentent des signes inquiétants après une période d'incubation allant de 3 à 10 jours : fièvre, maux de tête, malaises, douleurs musculaires, puis toux sèche et difficultés à respirer. Le tableau se complète ensuite par des diarrhées et des vomissements, des douleurs thoraciques, et se termine généralement par un syndrome de détresse respiratoire aiguë imposant une assistance respiratoire.

Ce virus sort des frontières chinoises bien avant qu'il ne soit réellement identifié, et des cas sont déclarés dans des hôtels d'Hanoi (au Vietnam) de Hong Kong et de Singapour.

Le 12 mars 2003, une alerte mondiale est lancée par l'Organisation mondiale de la santé, la psychose s'installe, notamment dans les plus grandes villes d'Asie, où les habitants évitent de sortir et portent des masques respiratoires lorsqu'ils sont à l'extérieur.

Pendant que les chercheurs du monde entier, dépendant de 11 laboratoires de recherche, travaillent d'arrache-pied, le virus touche, bien avant la fin du mois de mars 2003, d'autres continents, dont l'Amérique (avec des cas aux États-Unis et au Canada), et l'Europe, où le premier cas français est déclaré à Tourcoing (un médecin de retour en France après avoir exercé à l'Hôpital d'Hanoi).

Quand la malbouffe créé de nouveaux virus…

La facilité avec laquelle se propage le virus laisse circonspects les experts, qui quelques semaines plus tard parviennent à comprendre son fonctionnement, un temps record pour un tel événement : il s'agit bien d'un nouveau virus, appartenant à la famille des coronavirus, qui sont généralement responsables des rhumes classiques. Mais, d'où vient-il, et pourquoi est-il aussi virulent et contagieux ?

Le SRAS semble se propager par contact direct avec des gouttelettes de sécrétions respiratoires de personnes infectées, c'est-à-dire par la salive, en cas d'éternuement et de toux, et il se révèle particulièrement mortel : au total, on dénombre 8445 cas de pneumonie atypique recensés dans le monde, pour 812 décès. Les personnes âgées ont plus de risque de succomber au virus, tandis que les jeunes enfants sont plus protégés.

Une grande partie du monde a été touchée par cette épidémie, la Chine en tête avec un total de 7761 cas, pour plus de 500 morts, alors qu'en France, 6 personnes ont été contaminées et ont toutes survécu grâce à une très bonne prise en charge médicale.

L'origine du virus est enfin détectée à la fin du mois de mai 2003 : il s'agit de viandes vendues sur les marchés chinois, qui auraient été contaminées par des chauves-souris portant le virus. L'inquiétude est grande : le virus a franchi la barrière des espèces et a ensuite pu se transmettre d'homme à homme. Pourtant, selon les experts, cette propagation assez rapide, imputable en grande partie à la mobilité des personnes infectées, n'est pas le signe d'une grande transmissibilité. Le virus a été circonscrit à la fin de l'année 2003, et, si 9 cas ont été détectés en 2004 en Chine (chez des personnes qui travaillaient dans des laboratoires étudiant le SRAS), il ne semble plus présenter de danger à l'heure actuelle.

Un autre virus a fait parler de lui peu de temps plus tard, et les experts ont de grandes inquiétudes concernant ses futurs impacts sur la santé mondiale. Touchant des oiseaux, et transmissible à l'homme, ce virus, H5N1, est communément appelé « grippe aviaire » et il s'est déclaré pour la première fois en 1997, avant de revenir en 2003 en Asie. Il n'est pourtant pas le premier de son espèce, puisque, dès les années 1980, le virus H5N2 touche les États-Unis. Au départ peu mortel chez les volailles, il est devenu particulièrement virulent, tuant parfois 90 % des élevages et nécessitant au final l'abattage de 17 millions de bêtes en Amérique.

En 1997, le virus H5N1, qui fait partie des virus touchant habituellement les volailles de par le monde, fait son apparition à Hong Kong, où 1,4 million de volailles sont abattues. Mais, pour la première fois, on remarque que le virus est transmissible à l'homme, puisque 18 personnes éprouvent des affections respiratoires sévères, qui causent la mort de 6 d'entre elles. L'abattage des centaines de milliers de volailles aurait permis de circonscrire le virus et d'éviter une pandémie.

Or, en 2003, le virus H5N1 refait son apparition, et cette fois-ci sa transmissibilité à l'homme inquiète jusqu'aux plus hautes autorités sanitaires. Touchant tout d'abord les gibiers d'eau, le virus se transmet aux volailles domestiques et d'élevage, parmi lesquelles il fait très rapidement beaucoup de victimes. L'OMS fait état d'une panzootie, c'est-à-dire une pandémie animale, qui touche non seulement l'Asie, le cœur du virus, mais aussi, selon les migrations des animaux, l'Europe et l'Afrique.

Le virus H5N1 touche alors les humains, et ce sont plusieurs dizaines de personnes qui sont infectées entre 2004 et 2005, dont certaines succombent aux effets de la grippe. La question de la transmissibilité du virus des volailles à l'homme n'est plus à démontrer, mais c'est plutôt celle d'une transmission interhumaine qui semble inquiéter les scientifiques.

Dès 2004, en Thaïlande, on identifie un cas de transmission d'une enfant à sa mère et à sa tante. De là naît l'inquiétude des experts : le virus pourrait muter, se confondre avec des virus grippaux humains et créer ainsi une pandémie d'autant plus néfaste que les cas de grippe aviaire, notamment en Asie, ne cessent de réapparaître depuis

2004, comme tout récemment en Indonésie en août 2012, où décédait la neuvième victime du virus H5N1 depuis le début de l'année.

Les prévisions de l'OMS, si le virus parvenait à muter, le rendant transmissible d'homme à homme, sont alarmantes, si bien que l'autorité le considère comme l'une des « trois menaces mondiales » qui pèsent sur la santé de la population planétaire à l'heure actuelle. Plus de 260 personnes sont mortes jusqu'à présent, mais les prévisions font état, pour les plus optimistes, de 7 à 8 millions de morts et, pour les plus pessimistes, de plusieurs centaines de millions de morts (bien plus que la grippe « espagnole » de 1918) si le virus mutait.

Alerte aux pandémies

En France, l'Institut de veille sanitaire estime qu'une pandémie grippale provenant de la mutation du virus H5N1 pourrait contaminer de 15 à 35 % de la population, provoquant l'hospitalisation de 600 000 personnes et faisant près de 120 000 décès.

Pour les experts internationaux, la question n'est plus de savoir si le virus va muter, mais plutôt quand. Et cette mutation ne serait pas simplement le fait des volailles, puisque le virus touche également le porc. Pour les experts, le scénario le plus probable de mutation transiterait, de manière étrange, par le continent arctique : en effet, en passant par les oies des moissons, qui migrent généralement dans cette région, le virus pourrait contaminer les phoques et certains autres cétacés, consommés crus par les populations locales. Le virus pourrait ainsi s'habituer, puis se renforcer et se transmettre à l'homme, causant l'une des plus grandes pandémies que l'humanité ait connues.

Certes, ce scénario catastrophe peut sembler incroyable, et les capacités de ces virus mutants, qui se renforcent grâce aux méthodes des élevages industriels partout dans le monde, peuvent dépasser l'entendement, mais cette inquiétude est bel et bien fondée.

Malheureusement, le virus H5N1 n'est pas la seule épée de Damoclès qui pend au-dessus de nos têtes, tant les dangers liés à l'industrie agroalimentaire sont nombreux. Diabète, maladies cardiovasculaires, hypertension, cancers, déficience du système immunitaire et autres, la liste des maladies causées par notre alimentation est longue, et nous allons voir, dans les parties suivantes, que les vices cachés de l'agroalimentaire nous en réservent bien plus encore.

6

Quand le poisson est du poison

Une espèce de poisson jusqu'ici parfaitement inconnue a subitement fait son apparition dans nos assiettes – et largement sur les marchés et dans les grandes surfaces – dans le courant des années 2000. Son arrivée est particulièrement bienvenue, alors que la raréfaction des espèces de poissons traditionnelles rend tous les produits de la mer extrêmement coûteux et pose la question urgente de la disparition prochaine de cette source d'alimentation.

Cela tombe bien, le panga est vendu à un prix modique (la moitié de celui du cabillaud, par exemple) et semble une ressource inépuisable. Peu de consommateurs se demandent, devant cette manne inattendue, d'où peut venir ce poisson inédit. Pourtant, la question vaudrait vraiment d'être posée, le panga étant tout à fait révélateur des pratiques de l'exploitation intensive et de l'industrialisation à outrance dégagée de toutes considérations sanitaires. Il est vrai qu'à la vue de la chair blanche immaculée des filets vendus dans le commerce, il est difficile de se méfier démesurément de ce poisson : malheureusement, le poison n'a pas toujours la prévenance d'annoncer sa présence.

Le panga est un poisson qui, à l'état naturel, vit dans le delta du Mékong et remonte cet immense fleuve (le dixième du monde) pour aller se reproduire au Cambodge. C'est un cousin éloigné du poisson-chat, de sinistre réputation, qui pullule dans nos rivières et se montre très résistant aux changements environnementaux et aux hauts niveaux de toxicité.

Dans le pays qui l'accueille la majeure partie du temps, le Vietnam, les éleveurs ont donc longtemps été privés des outils nécessaires pour se lancer dans son exploitation ; il leur fallait acheter les alevins à leurs voisins cambodgiens, et il leur était difficile, voire impossible, de provoquer la reproduction des pangas en captivité.

Des poissons dopés… à l'urine humaine

Grâce à un biologiste français, Philippe Serène, ils ont trouvé comment contourner ce problème : ils arrivent à provoquer la ponte des femelles de l'espèce en leur faisant des piqûres d'une solution tirée de l'urine de femmes enceintes (humaines) proches de l'accouchement, urine connue pour sa forte concentration en hormones.

Une fois cette difficulté fondatrice écartée, l'élevage du panga a été l'objet d'une véritable ruée vers l'or au Vietnam. Des milliers de fermes avicoles flottantes artisanales ont vu le jour à même le fleuve, amenant à une production de plusieurs dizaines de milliers de tonnes de ce poisson chaque année.

Des fortunes se sont construites du jour au lendemain, même si la plupart des Vietnamiens ont vu leurs existences inféodées aux dures conditions d'exploitation de cette nouvelle industrie : les salaires mensuels sont très bas, que ce soit pour les pêcheurs ou les employés des immenses usines de conditionnement au sein desquelles le poisson arrive vivant pour être découpé et congelé pour l'exportation.

Dans le même temps, le mode de vie traditionnel du pays disparaît, rendant ses habitants proprement dépendants de cette nouvelle activité.

La manipulation hormonale pourrait déjà être inquiétante en elle-même, mais la problématique du panga ne s'arrête pas là. Cette espèce est la seule à pouvoir supporter un taux de concentration qui tuerait tout autre être vivant : les bassins sont littéralement surchargés de poissons qui vivent dans un des fleuves les plus pollués du monde.

Le Mékong prend son origine en Chine, où l'industrialisation forcenée qui a cours encourage les usines à y relâcher leurs eaux usées ou leurs déchets sans se soucier outre mesure de l'environnement. La chose devient encore plus épineuse quand on sait que le poisson, qui filtre sa nourriture dans l'eau, est donc exposé à la toxicité de l'eau, notoirement élevée. (Mangeriez-vous un poisson pêché dans la Seine ?)

La problématique a fini par inquiéter les instances européennes et américaines (les États-Unis sont également de grands importateurs de ce poisson), les éleveurs concurrents soulignant qu'il n'est peut-être pas sain de laisser l'intégralité du processus de contrôle de la production des pangas aux autorités vietnamiennes, dont le pays a un besoin crucial de cet apport financier.

Arsenic, mercure et DDT

Le député européen dépêché sur place, l'élu écossais Struan Stevenson, affirme après sa visite que « *l'eau* [du Mékong] *est saturée de bactéries et empoisonnée par les effluents industriels qui comprennent de l'arsenic, du mercure et du DDT* ». Le dernier cité étant un pesticide très toxique tandis que les deux premiers sont des poisons extrêmement violents pour l'organisme humain (on sait que le mercure a, à des doses infinitésimales, des effets néfastes sur le système nerveux central).

D'autres produits toxiques sont présents en quantité dans le fleuve : phénols polychlorés, hexachlorocyclo-hexane (isomère classé « polluant organique persistant »), et hexachlorobenzène (HCB). Le dauphin d'Irrawaddy, qui vit uniquement dans ce delta du Mékong, court un grave danger de disparition, justement en raison de cette violente pollution dénoncée par le World Wildlife Fund (WWF), qui a placé le panga sur sa liste de défiance voilà quelque temps.

Tous ces produits, s'ils se trouvent dans le fleuve, ont de grandes chances d'atterrir dans l'organisme du poisson. Mais ce n'est pas tout : la nourriture importée du Pérou pour gaver ces millions de bêtes est composée en grande partie d'un mélange de cadavres de poissons broyés et déshydratés, de vitamines, de soja et de manioc.

Le tout pour former un cocktail extrêmement riche en protéines qui fait ainsi accélérer de 400 % la croissance du panga. La manœuvre n'a rien d'illégal au Vietnam, mais n'est pas sans rappeler le scandale qui avait frappé les éleveurs de bovins quand avait été révélée au grand public la pratique consistant à nourrir les bœufs de farines animales (avec les conséquences dramatiques que l'on connaît).

Là encore, aucune précaution sanitaire élémentaire n'est mise en œuvre malgré le danger multiple représenté par ce poisson : au contraire, son importation double chaque année, avoisinant désormais la centaine de milliers de tonnes. Les autorités françaises sont bien lentes à réagir, tout comme les médias, qui ne montrent aucun empressement à enquêter sérieusement sur sa dangerosité.

Le documentaire *Le Cauchemar de Darwin* avait déjà rendu populaire un autre poisson sujet à polémique : la perche du Nil. Elle avait été introduite dans le lac Victoria (Afrique de l'Est), ravageant totalement son écosystème fragile et rendant toute la région environnante absolument dépendante de son exploitation forcenée.

Le panga participe lui-même, du fait de son exploitation à marche forcée, à la pollution du Mékong, chaque tonne de filets produite relâchant dans ses eaux 106 kilos de nitrogène et 27 kilos de phosphore, sans compter les bactéries que ces poissons véhiculent en quantités astronomiques par le biais de leurs déjections.

« Lancer » ainsi de nouvelles espèces semble une stratégie récurrente pour nourrir la population mondiale qui ne cesse d'augmenter, avec des profits considérables à la clé.

Au vu de ces enjeux et des antécédents historiques, la méfiance est de mise concernant ces « innovations » alimentaires censées résoudre instantanément les problèmes nutritifs de la planète : la nature close de notre écosystème (une planète aux ressources et aux capacités de production limitées) ne semble jamais être prise en compte par les industriels qui ne pensent qu'en termes de potentiel et de courbe de croissance.

Et la méfiance ne doit hélas pas se limiter aux nouvelles espèces arrivant sur le marché : l'exemple que nous allons aborder maintenant est celui d'un poisson archiconnu, associé dans l'esprit collectif à un mets au prix relativement élevé mais de qualité.

Des saumons aux pesticides

Le saumon, notamment sous sa forme fumée, est un des plats préférés des Français. Il est élevé majoritairement dans des fermes aquacoles norvégiennes, et nous en sommes les premiers importateurs européens. Un problème récurrent a handicapé sa production intensive, problème dont nous n'avons que très peu entendu l'écho ici : le pou de mer.

Le pou de mer est un parasite naturel du saumon, qui dévore son hôte, creusant des trous dans sa chair jusqu'à diminuer sa flottabilité au point de littéralement le couler. Dans les conditions de la vie sauvage, les saumons sont suffisamment disséminés pour ne pas tous être porteurs de ce dangereux parasite.

Mais le pou de mer ravage les élevages où les poissons sont entassés, et les éleveurs sont obligés de prendre des mesures radicales : pendant de longues années, ils bourrent leurs poissons d'antibiotiques afin de prévenir cette menace efficacement. On retrouve là encore un élément qu'on a pu reprocher aux éleveurs de viande, qui a créé une polémique passée depuis lors sous silence[1].

Le saumon d'élevage, en plus d'être saturé d'antibiotiques et de participer mécaniquement à l'affaiblissement

1. Voir le chapitre 5.

de nos défenses naturelles, n'est pas aussi bon pour la santé qu'une croyance bien ancrée (et encouragée par la communication publicitaire) veut bien nous faire croire. Le fait qu'il vive presque immobile, entassé avec ses camarades, encourage son corps à accumuler les toxines (10 à 50 % des saumons d'élevage meurent dans les bassins avant leur maturité, du fait de la surpopulation, des mauvaises conditions de survie et de la toxicité de l'eau) et à stocker les matières grasses, ce qui diminue d'autant la valeur de ses apports nutritifs.

Mais le problème pour les éleveurs norvégiens ne fait à vrai dire que commencer. L'utilisation sans retenue des antibiotiques fait en sorte que le pou de mer, espèce coriace, finit par développer une résistance accrue à ces traitements : il refleurit de plus belle, détruisant une partie de la production.

La rentabilité est cependant sacrée. Il faut trouver une solution rapidement, et les Norvégiens vont viser au plus simple : ils vont associer à la nourriture de leurs saumons du diflubenzuron. Sous ce nom barbare se cache un pesticide puissant, qui va effectivement avoir un effet radical sur le pou de mer.

Cependant, il peut sembler hasardeux d'associer ainsi un pesticide à la nourriture que vous avalez : imaginez-vous en train de couvrir votre steak d'un coup de bombe insecticide pour éviter d'attirer les mouches. Cette image n'est pas du tout éloignée de la réalité : ce produit est en effet considéré comme dangereux, non seulement pour l'homme, mais pour les poissons eux-mêmes.

En fait, il est interdit dans de nombreux pays de l'Union européenne, dont la France. La Norvège a rendu son usage légal dans le but de servir son industrie : dans ce pays comme ailleurs, les intérêts de l'industrie ont fini par être étroitement liés avec ceux du gouvernement, certains de ses membres (dont la ministre responsable de la régulation des exploitations aquacoles) ayant des parts dans les entreprises sur lesquelles ils sont censés exercer leur autorité.

Le risque d'empoisonnement à grande échelle est pourtant avéré, mais le saumon n'est pas une marchandise soumise aux autorités françaises de surveillance puisqu'il bénéficie d'un accord de libre-échange à l'intérieur de l'Union (la Norvège est donc laissée seule responsable de l'estimation du niveau de toxicité du poisson qu'elle produit, sans aucun contrôle indépendant, au mépris des précautions sanitaires les plus élémentaires).

Ainsi, le scandale est momentanément évité, mais, à moyen terme, les effets à craindre sur la santé à l'échelle de millions de consommateurs sont ahurissants.

L'équipe de l'émission *Pièces à conviction*, sur France 3, s'est rendue sur le site d'un de ces bassins d'élevage pour interviewer en caméra cachée son gérant.

L'homme avoue volontiers que les épandages massifs – qui ne sont donc pas associés à la nourriture comme les autorités le soutiennent – de ce produit provoquent immédiatement la mort de *« 200 à 300 poissons par jour pendant une semaine »*. Mieux, il affirme que le saumon d'élevage est la *seule* espèce aquatique à résister à ce pesticide, puisque les espèces sauvages qui vivent à proximité, comme les petits requins, meurent instantanément, et en grand nombre, à son contact.

Les poissons d'élevage ne s'en sortent pas sans séquelles importantes : nombre d'entre eux sont touchés par de graves malformations, au point qu'il serait douteux qu'il ne nous vienne jamais à l'idée de les manger si on nous les présentait avant de les conditionner.

Nature morte

Localement, l'observation des fonds marins par les associations écologistes montre qu'ils sont dans un état catastrophique, étouffant sous une épaisse couche de rejets constituée quasi exclusivement de bactéries. La nature est morte, ou en voie de l'être, dans les fjords, en raison de l'élevage intensif.

Le milieu marin soulève un autre aspect des problèmes liés à la perspective d'avoir à nourrir une planète surpeuplée tout en réalisant de juteux bénéfices (le second but venant bien avant le premier, bien entendu) : celui du vase clos que notre planète constitue. Là où les conséquences d'une exploitation forcenée peuvent passer pour locales et sous contrôle dans le cas des exploitations bovines, par exemple, la circulation et la contamination sont des qualités du milieu marin qu'il semble parfaitement impossible de considérer par le mépris.

Les résidus de l'industrialisation rendent toxiques les rivières au sein desquelles les poissons sont élevés, lesquels deviennent à leur tour nocifs et participent à la dégradation des conditions de la vie dans les cours d'eau, en raison d'une forte dissémination de bactéries extrêmement problématique, et de manipulations qui ne sont pas sans conséquence sur les espèces sauvages : ainsi, outre celles qui disparaissent purement et simplement, trop fragiles pour résister aux nouvelles conditions que nous imposons à l'écosystème, les autres se voient largement contaminées par leurs voisines d'élevage : c'est le cas par exemple des saumons sauvages que leurs congénères domestiques, artificiellement rendus plus gros dans les exploitations, en viennent à remplacer à l'état naturel.

Les parasites, maladies, bactéries mettent directement en danger la variété de la faune sous-marine, qui ne doit plus compter que sur la bonne volonté des humains pour survivre, avec comme perspective dans les prochaines années de finir dans des formes de zoos des mers, les conditions de leur résistance dans leurs milieux d'origine ayant été rendues bien trop hasardeuses. Ne resteront alors pour peupler les rivières et les mers que les espèces destinées à la consommation humaine et qui n'auront de vivant que le nom, condamnées qu'elles seront à une vie en cage accélérée par un gavage ultra-intensif.

Le poisson-chat (ou silure), par exemple, suffisamment résistant pour s'adapter à un environnement mortifère, a déjà littéralement envahi, aux dépens des autres espèces, les rivières de France, jusqu'à constituer la majorité de ce qu'on y trouve.

Ces perspectives terrifiantes pour la planète ne nous permettent pas de prédire une remise en question quelconque, puisque la production industrielle poursuivra son cours, quoi qu'il arrive, en utilisant les produits nécessaires pour maintenir artificiellement en vie les poissons de leurs exploitations.

Notons que, pour tout ce qui concerne les nourritures provenant de la mer, les contrôles sont d'autant plus absents que les scandales les concernant n'ont pas encore éclaté : si on compare avec les contrôles plus importants qui se sont imposés dans les filières de la viande, ou que l'expansion des OGM a contribué à développer dans celles de l'agriculture, nous sommes confrontés à des discours à deux vitesses.

Les frontières du supportable sont donc très larges pour les poissons et reposent sur cette croyance collective qui consiste à dire que la mer peut tout absorber, qu'il existe un effet de dilution permettant d'atténuer les risques (comme la filière du nucléaire le proclame également pour les fuites de Fukushima).

Mais il n'est pas seulement dangereux de se reposer sur cette fable : il est même sans doute trop tard pour remédier au problème. Nous pouvons cependant commencer d'agir dès aujourd'hui en refusant de consommer des produits dont nous ne connaissons que trop bien le caractère dangereux, toxique, cancérigène.

7

Exploiter les ressources jusqu'à épuisement

Comme on vient de le voir avec la problématique des produits de la mer, l'absence de concertation internationale (excepté pour l'exploitation industrielle et financière) et la course au profit et à la productivité dans le secteur de l'alimentaire donnent des résultats inquiétants. L'état des fonds marins est absolument déplorable, d'autant qu'ils servent régulièrement de poubelle à toute la planète.

On peut penser notamment à la « plaque de déchets du Pacifique nord », des centaines de milliers de tonnes d'ordures, de sacs en plastique et de résidus flottants qui occupent une surface de la taille du Texas, c'est-à-dire un peu plus grande que la France (700 000 km^2). Vous avez bien lu, oui, plus grande que la France.

Le plastique qui s'y accumule est dégradé par la lumière du soleil en microparticules extrêmement toxiques pour la vie (d'autant qu'ils agissent comme des fixateurs de produits encore plus polluants comme le DDT ou les PCB). Ces particules ressemblent d'ailleurs à s'y méprendre – et les poissons s'y méprennent – à celles de plancton, et ainsi les espèces vivantes de l'océan avalent systématiquement ces minuscules morceaux de plastique, s'empoisonnant durablement – et empoisonnent éventuellement ceux qui s'aventureront à les manger.

Certes, les doses qui traversent toute la chaîne sont infinitésimales, mais c'est leur accumulation – et leur potentialisation, les unes avec les autres – qui amène à des effets délétères (le PCB, par exemple, est plutôt bien fixé par le corps humain).

Tout cela n'arrange pas les affaires des espèces qui sont déjà menacées par les pêches intensives, qu'elles en fassent directement les frais, ou qu'elles constituent les « dommages collatéraux » de ces pratiques (on connaît le cas des dauphins qui partagent en définitive le sort des thons rouges en étant piégés dans les mêmes filets).

Technologie et productivité

La pêche a connu, comme de nombreux secteurs de l'industrie, une révolution concernant sa productivité ces dernières années. On n'a qu'à penser aux avancées technologiques comme les radars sous-marins permettant de détecter beaucoup plus efficacement les bancs de poissons même dans les grands fonds – là où il faut aller les chercher maintenant que la vie près des côtes a proprement disparu.

Ainsi, Daniel Pauly, professeur à l'Université de Colombie-Britannique (Canada), repris par le journaliste Gilles Bridier pour *Slate.fr*, parle de « 1 à 2 % des stocks » des décennies précédentes encore présents dans les fonds de faible profondeur (moins de 200 m).

Rares sont les domaines où il n'existe aucune divergence scientifique, et pourtant les chercheurs sont formels : concernant de nombreuses espèces, la disparition pure et simple est à craindre.

Il ne s'agit pas d'espèces qui étaient rares et qui le sont devenues encore plus : bien souvent, les poissons en question pullulaient, jusqu'à ce que la pêche industrielle s'intéresse à eux.

L'anchois est aujourd'hui devenu très rare. Quant au cabillaud, il a presque disparu au Canada.

L'exemple le plus connu est cependant celui du thon rouge, autrefois présent en grandes quantités dans de nombreux endroits du monde.

Mais son exploitation commerciale hors de tout contrôle, boostée par la forte demande le concernant, émanant notamment des Japonais, qui en raffolent, a fait qu'il a été pêché deux fois plus que ce qui aurait permis de préserver sa capacité à reconstituer ses bancs (53 000 tonnes par an dans les pires années alors qu'un maximum de 25 000 tonnes n'aurait jamais dû être dépassé : le déficit ne fait que se creuser depuis).

La politique des quotas a ensuite été mise en place pour empêcher que les pêcheurs européens n'entament trop sérieusement les réserves, mais ces limitations sont systématiquement dépassées, sans compter que des bateaux venus directement du Japon ou d'autres pays se joignent au massacre et sont encore moins enclins à les respecter.

Les pêcheurs éprouvent un sentiment d'injustice face à ces ralentissements qu'ils considèrent indus : pour eux, les thons rouges sont toujours aussi nombreux, et il est difficile de les sensibiliser à la problématique de renouvellement qui est largement transparente par rapport à leur pratique. Au rythme où vont les choses, le thon rouge sauvage aura totalement disparu en 2050.

Il y a, comme pour toutes les autres espèces, des tentatives, notamment dans les pays pauvres, pour élever le thon rouge à des fins commerciales, mais cette espèce demande des quantités astronomiques de nourriture pour se développer – de l'ordre de 14 kilos de poissons réduits en miettes pour une croissance de 1 kilo – ce qui rend cette industrie coûteuse et peu rentable.

D'autres espèces, comme le poisson plat, le turbot, la raie, le lieu jaune, sont toutes soumises aux mêmes pratiques avec les mêmes conséquences. La pêche telle qu'elle est pratiquée actuellement, écumant les grands fonds, mène à la destruction complète de l'écosystème sous-marin et tue sans discrimination toute vie – forçant les pêcheurs ensuite à faire un tri pour rejeter à la mer les poissons qui ne les intéressent pas, mais qui font les frais de ce traitement impitoyable.

L'Europe coupable

Alors qu'elle fixe d'un côté les quotas pour limiter la pêche, la Commission européenne a subventionné très largement ce type de pêche qui a des conséquences tragiques.

On voit une fois encore que les intérêts financiers arrivent largement avant ceux de la survie de la planète. Ainsi, la fameuse pêche au thon rouge a reçu « *7,4 millions d'euros d'aide à la construction et à la modernisation de navires, contre seulement 1,7 million d'euros d'aide à la casse*[1] ». Alors qu'elle veut et doit limiter cette pêche, l'Europe encourage en même temps son essor.

Dans les grands fonds, une autre menace est en train de se concrétiser, qui pourrait présenter une autre forme de danger encore plus sensible pour la vie marine : comme le monde l'a découvert avec horreur lors de la catastrophe du *Deepwater Horizon* en 2010, les forages pétroliers sont désormais réalisés à de très grandes profondeurs, et d'autres projets proposent de creuser plus profond encore, alors même que les conditions de sécurité ne sont certainement pas réunies. On sait par exemple que Total a connu le même problème récemment avec un puits de gaz naturel en mer du Nord.

Dans ce milieu, où les pressions sont monstrueuses, il devient très délicat de colmater les fuites de pétrole ou de gaz, substances extrêmement toxiques pour la vie sous-marine. On sait que les conséquences des fuites massives du *Deepwater* n'ont pas fini encore aujourd'hui d'être répertoriées, faisant de toute la région du golfe du Mexique un milieu sinistré.

Toute la zone marécageuse proche de La Nouvelle-Orléans est menacée dans sa survie même. Quatre cents espèces de poissons, de dauphins ou d'oiseaux sont touchées, et on ne sait pas à terme si on réussira à les protéger de la disparition.

1. *Le Monde*, 31 mars 2010.

On trouve près de 4000 plateformes de ce type dans le golfe du Mexique, et on imagine bien qu'elles sont toutes sujettes au processus de vieillissement, au danger de la malfaçon travaillant avec le temps et provoquant une nouvelle fuite majeure.

Ces phénomènes sont certainement appelés à se multiplier à l'avenir, et ils entraîneront bien évidemment un certain nombre de conséquences. Tout d'abord, une destruction accrue de la faune et de la flore marines, menace à la diversité et par le fait même au cycle et à l'équilibre de l'écosystème de la planète entière.

Dans le même temps, les espèces les plus coriaces vont proliférer. Ensuite, les sources d'approvisionnement en nourriture de l'homme vont aller en s'amenuisant et mettront en danger d'abord les populations pauvres ou dépendantes des ressources de la mer.

Enfin, même si l'eau peut en effet, comme le pensent cyniquement les industriels, absorber une partie de nos productions toxiques, son cycle va bientôt être suffisamment contaminé pour demander son traitement permanent, et par là même augmenter la pollution secondaire et rendre son usage possible uniquement pour ceux qui pourront se le payer (ce que les industriels de l'eau considèrent comme le schéma idéal).

Les discussions actuelles sur la manière dont on pourrait rentabiliser cette denrée primordiale, jusqu'ici industriellement laissée à l'abandon, font fi de toute préoccupation humanitaire (accéder à l'eau potable est pourtant la priorité des priorités pour définir les droits humains minimaux).

On sait que de nombreuses expérimentations ont été menées en ce sens en Amérique du Sud, entraînant des révoltes populaires (soulèvement de Cochabamba, en Bolivie, dans les années 2000), mais le discours « pédagogique » se généralise un peu partout : il est temps de privatiser l'eau et de faire payer son vrai prix au consommateur, afin de le responsabiliser, comme s'il était responsable des abus divers de l'industrie.

Ce jeu de dupes a malheureusement fonctionné dans d'autres secteurs (qu'on pense à l'énergie), et l'avenir est sombre pour cette ressource essentielle.

En France, elle est déjà largement sous la coupe des multinationales, même si la tendance voudrait que de nombreuses municipalités s'en réapproprient le contrôle.

Ne croyez pas que ce contrôle des pouvoirs publics soit suffisant pour vous assurer de la qualité des eaux : l'association Eau Évolution apporte un regard consternant sur l'état des choses en France actuellement.

Il est apparu, à la suite des révélations de cette association[1], que, contrairement à ce que peuvent claironner les instances chargées de veiller aux contrôles, nous sommes dans une situation de totale méconnaissance de l'état actuel de notre parc fluvial.

L'Europe oblige les États à contrôler la qualité de l'eau, mais ne donne pas d'indication particulière sur les matières à surveiller : les relevés et mesures se font à la discrétion des instances concernées, qui se gardent bien de prendre en compte tous les micropolluants chimiques comme le PCB, et le nombre de substances recherchées est en constante diminution en France.

1. Voir le blog *Les Eaux glacées du calcul égoïste*.

Des choix criminels

On ne cherche pas à connaître la pollution, mais à la méconnaître, à effacer le savoir que l'on en a. Il s'agit d'étouffer au maximum les chances de scandale.

Autre exemple édifiant : la France est sous le coup depuis plusieurs années d'une astreinte financière fixée par la Commission européenne à cause de la pollution des rivières de Bretagne et du fort taux de nitrate que l'on y rencontre, en raison des nombreux élevages de porcs et de leurs rejets.

La France tergiverse pendant des années, formulant courrier sur courrier avant de proposer tout simplement de fermer une partie des captages d'eau réalisés par les communes de Bretagne : plutôt que d'entraver de quelque manière que ce soit l'élevage intensif de porcs, la France se propose de priver certaines communes d'eau potable. On a les priorités que l'on veut.

Si l'eau est en danger, la terre ne l'est pas moins. Les deux font face à des problématiques qui leur sont communes : on sait par exemple que la surproduction de viande coûte en eau jusqu'à 100 fois plus que celles de céréales ou de légumes.

Daniel Nahon, docteur en géologie appliquée au génie civil, nous met fortement en garde contre un phénomène dont nous ne percevons pas bien la portée, mais qui nous met gravement en danger du point de vue de la production alimentaire pour les années à venir : l'épuisement des sols n'est pas simplement un phénomène transitoire, qui peut se résoudre par une mise en jachère momentanée.

Il estime à « *300 millions d'hectares*[1] » les terres qui ont été trop dégradées durant les 50 dernières années pour pouvoir encore servir à la culture. Total à ramener aux 600 millions qui constituent selon lui la quantité de terres exploitées au départ, auxquels sont venus se rajouter 200 millions d'hectares que nous avons arrachés à la forêt ou rendus utilisables dans le même temps.

La vitesse de dégradation des terres arables est une donnée plus que préoccupante, puisque, la terre étant un système clos et fini, il ne sera pas possible de les étendre indéfiniment. Mais on s'y essaiera sans doute, et, pour ce faire, il faudra d'abord en passer par détruire de plus en plus de surface de forêt pour obtenir de nouveaux terrains exploitables.

La raison de ce cauchemar est très simple : tout comme pour les hydrocarbures, qui mettent un temps extrêmement lent à se former de la dégradation des résidus du carbone, les terres mettent un certain temps, incompressible, à se charger en sels minéraux et en nutriments, temps qui ne correspond pas à notre rythme d'exploitation.

Pire encore, ce travail d'enrichissement de la terre est accompli en grande partie par les vers de terre, qui sont victimes d'un véritable massacre en raison des méthodes de labour industriel. On a donc vu les récoltes, pourtant appuyées par l'usage d'engrais, de pesticides et de systèmes d'irrigation de plus en plus élaborés, ne pas donner du tout les rendements escomptés : au lieu d'augmenter, ils diminuent, et le phénomène ne peut aller qu'en s'accentuant, tant la terre se dégrade, dans sa structure même, en raison des labours.

---

1. Daniel Nahon, *Sauvons l'agriculture*.

L'érosion des sols, qui se poursuit à un rythme régulier, est le deuxième fléau qui limite la respiration et le renouvellement des sols. La terre qui s'échappe finit dans le lit des fleuves limitrophes, qu'elle comble petit à petit. Nahon parle de 5 à 250 tonnes d'érosion à l'hectare par an, les lits des rivières passant de 2 m en moyenne à 20 cm. Ainsi augmente à chaque intempérie le risque d'une crue et d'une inondation majeure. Sans compter que les pesticides présents dans ces terres mouvantes finissent à 25 % dans les nappes phréatiques, à 38 % dans les rivières.

On voit comment les problématiques de surexploitation rejoignent celles de pollution pour amener à des nœuds inextricables qu'il paraît douteux que les pouvoirs publics tiennent à résoudre, tant il faudrait alors mettre la main dans un engrenage sans fin.

L'irrigation systématique n'est pas sans apporter son lot de paradoxes : elle pousse à une surconsommation en eau potable (70 % de l'eau mondiale est dépensée pour l'agriculture ; on voit ici à quel point il est cynique de vouloir complexer l'utilisateur final afin de le faire payer cette denrée élémentaire) et amène à un phénomène désastreux : en s'écoulant dans les sols, elle emporte une grande partie des sels minéraux qui y sont présents, aggravant l'état de la terre et polluant les rivières dans lesquelles elle s'écoule.

Irriguer, c'est tuer

Les cours d'eau se retrouvent fortement salinisés et impropres à tous les usages. Nahon cite l'exemple du fleuve

Colorado qui « *gagne 20 % de salinisation avant d'arriver au Mexique. Il a fallu installer une usine de dessalement à Yuma à la fin du XXe siècle* » pour que les Mexicains puissent continuer d'irriguer.

On retrouve ici cette plaie qui a de grandes chances de devenir de plus en plus présente à l'avenir : un traitement permanent de l'eau, en toutes circonstances, augmentant ainsi fortement son coût (à payer qui ne sera pas assumé par les entreprises mais bien par les citoyens) pour la collectivité en raison de l'inconséquence des politiques publiques des décennies précédentes.

Le « drame » du Colorado ne s'arrête pas là. Les Mexicains irriguent tellement « *qu'il n'y a plus d'eau qui arrive, pendant sept ou huit mois de l'année, dans le golfe de Californie* ».

Ainsi, le fleuve s'éteint purement et simplement dans la plaine, bien avant de rejoindre l'océan, du fait de sa surexploitation (on ne parle pas, bien sûr, de la vie animale qui en pâtit). Nahon affirme qu'un certain nombre de fleuves sont concernés par cette pratique ahurissante.

Cette accumulation de logiques productivistes, bien souvent soutenues par des aides et des prêts des différents États, ne présente plus aucun sens lorsqu'on sait qu'entre 30 et 50 % de la nourriture mondiale est gaspillée chaque année, que ce soit en raison des surplus de production qui ne trouvent pas preneur faute de casser les prix et d'introduire une concurrence « déloyale » (les préceptes capitalistes et financiers étant toujours suivis quoi qu'il en coûte, même s'il faut pour cela affamer des populations entières) ou parce que la profusion de l'offre et des quantités de nourriture achetées par nos concitoyens fait qu'eux-mêmes jettent d'énormes quantités de « restes » (la palme revenant, selon le quotidien danois *Politiken*, repris par *Le Courrier international*, aux Danois qui jetteraient 200 g de nourriture pour chaque kilo consommé).

Cependant, l'industrie a encore son mot à dire pour ce genre de pratiques : selon une logique de profit impitoyable, de nombreux hypermarchés ou fast-foods préfèrent jeter, détruire, voire empoisonner leur nourriture plutôt que de la donner aux nécessiteux.

Il y a aussi ce constat implacable : la production mondiale de nourriture serait largement suffisante pour sustenter toute la population, et pourtant c'est plus d'un milliard de personnes qui souffrent quotidiennement de la faim.

Si la préoccupation de nos gouvernants était réellement de résoudre le problème de la sous-nutrition ou de la malnutrition, les solutions d'acheminement et de distribution seraient trouvées en à peine quelques mois, mais le fait de laisser les populations pauvres mourir de faim a un sens : il maintient en fonction une logique capitaliste destructrice tout en fournissant sur place (et dans les pays riches par le biais de l'immigration illégale) une main-d'œuvre bon marché qui est prête à beaucoup de choses pour simplement survivre.

C'est donc souvent avec le soutien massif – bien que contraint – des populations locales, que les industriels peuvent mener à bien leurs projets. Pensons à ceux qui cherchent à accélérer la déforestation de l'Amazonie, par exemple, pour augmenter les surfaces de terres cultivables (et auxquels la présidente Dilma Rousseff vient de s'opposer, mais pour combien de temps ?), avec le soutien des fermiers locaux qui y voient un moyen, à marche forcée, d'assurer leur subsistance.

Ce genre de population ne présente statutairement que peu de résistance aux manœuvres macroéconomiques des financiers et des pontes de l'agroalimentaire, qui sont ceux décidant réellement en coulisse de la marche des choses.

8

Concombre espagnol et bacille *E coli*

En 2011, une grave crise sanitaire frappe l'Europe. À la mi-mai, en Allemagne, une vague épidémique se répand dans le nord du pays : 300 personnes sont touchées par des diarrhées plus ou moins violentes et sanglantes, 3 morts, en à peine quelques jours. Au final, il y aura 47 morts, dont 46 en Allemagne ; plus de 4000 cas.

La panique gagne toute la région, et on découvre bientôt la bactérie responsable du problème : il s'agit d'une souche d'*Escherichia coli*, une bactérie très commune du système gastro-intestinal humain, mais dont certaines variétés peuvent être très toxiques pour le corps. Celle incriminée est la *O104:H4*, une souche rare qui produit une toxine *Stx2* de la classe des *Shiga-toxines*, qui provoquent les colites hémorragiques.

Dans moins de 10 % des cas, ces troubles peuvent être associés à des dysfonctionnements rénaux qui peuvent entraîner la mort.

À l'époque, de nombreuses hypothèses sont évoquées pour expliquer cette épidémie et tenter de l'enrayer aussi vite que possible.

Et même si la plupart se sont révélées fausses, elles ont mis au jour une forme de production qui comporte de grands dangers pour le consommateur, en raison de la centralisation de la plupart des moyens de production dans des régions où la rentabilité va, une nouvelle fois, décider des méthodes employées.

Les bacilles *E coli* toxiques pour l'homme sont en règle générale contenus dans les systèmes digestifs des animaux, notamment ceux d'élevage, qui n'y sont pas sensibles et peuvent donc les transporter et les transmettre à travers leurs excréments : il faut savoir que les élevages bovins, par exemple, produisent 10 fois plus d'excréments qu'ils ne donnent de viande.

Les sources de contamination sont donc nombreuses et sont un vrai problème dans l'exploitation bovine : aux États-Unis, le problème des *E coli* toxiques n'a pas attendu une épidémie pour se déclarer et on parle là-bas de « maladie du hamburger ».

En l'occurrence, il faut appliquer des conditions d'hygiène radicales pour pouvoir s'assurer de ne pas mettre en danger la santé des consommateurs : en effet, il faut éviter tout contact entre les pièces de viande elles-mêmes et les parties digestives de l'animal.

Les bactéries, s'il y en a, se retrouvent à la surface du steak. S'il est cuit tel quel, elles meurent rapidement sous l'effet de la cuisson.

Mais s'il est haché, elles se retrouvent mélangées à la viande et il faut alors une température bien plus élevée et continue pour espérer s'en débarrasser.

C'est pourquoi le hamburger est particulièrement sujet à ce genre de contamination. Après plusieurs mésaventures, l'industrie (mettant parfois en place une procédure consistant à asperger la viande d'ammoniaque pour la décontaminer) a augmenté ses critères hygiéniques pour éviter les mouvements de défiance du public. Cependant, il est raisonnable d'éviter les cuissons saignantes pour limiter les risques.

La faute du concombre espagnol ?

Les bactéries peuvent également se transmettre par le sol et concerner les fruits et légumes, tous les aliments crus qui ont pu être en contact avec une source de contamination.

Pour cette raison, les premières hypothèses envisagées ramènent aux produits des cultures espagnoles (la viande ne pouvait être à l'origine d'une contamination massive dans le sens où elle n'est pas largement consommée crue).

Mais pourquoi la production espagnole en particulier ? Eh bien, il y a tout d'abord des questions de quantités. L'Andalousie, de par ses méthodes de production, est un des premiers exportateurs mondiaux de fruits et légumes. Qu'on imagine par exemple que, simplement en France, l'importation annuelle de fraises venues d'Espagne est de 130 000 tonnes.

Ces volumes monstrueux permettent de proposer des prix dérisoires et de rentabiliser un secteur qui aligne pourtant des coûts incompressibles, comme ceux du transport par camions (dont on ne soulignera pas ici le caractère fortement polluant, car ce n'est pas notre sujet).

Au total, ce sont 6000 hectares qui sont exploités dans le sud de l'Andalousie, dont seulement 60 % de manière officielle ; les 40 % restant le sont sans autorisation, mais avec la complicité passive des autorités qui ne vont pas cracher sur cette manne financière[1].

Les cultures empiètent d'ailleurs largement sur le parc national de la région, pourtant particulièrement riche en espèces d'oiseaux de toutes sortes, qui se voient forcées de migrer vers d'autres cieux.

La stratégie pour produire des fraises hors saison est simple : les plans sont mis au frigo en plein été pour couper leur croissance, puis ressortis et chauffés l'hiver afin d'inverser leur rythme de maturation. Le processus est expliqué par Claude-Marie Vadrot, de *Politis : « À l'automne, la terre sableuse est nettoyée, stérilisée, la microfaune détruite, avec du bromure de méthyl et de la chloropicrine. Le premier est un poison violent interdit par le protocole de Montréal sur les gaz attaquant la couche d'ozone signée en 1987 (dernier délai en 2005) ; le second, composé de chlore et d'ammoniaque est aussi un poison... »*

Mais ce n'est pas tout : l'eau qui est utilisée pour les cultures (qui en sont très gourmandes) est puisée en majorité de manière illégale ou dans des proportions abusives. C'est toute la région, à terme, qui est menacée de désertification et d'épuisement.

La culture à outrance, renouvelée en permanence et aggravée par l'usage des produits toxiques, vide totalement le sol de ses sels minéraux, vitamines, nutriments, au profit des éventuels toxiques qui pourraient nous contaminer.

---

1. *Politis*, 27 avril 2008.

Si nous n'en sommes pas conscients, les pouvoirs publics le sont, qui jettent immédiatement leur dévolu sur cette source de contamination éventuelle dès qu'un problème se présente.

En Espagne, quand la région andalouse ne sera plus exploitable, la production se déplacera – en même temps que les investisseurs, que rien ne rattache à ce sol – au Maroc, où le terrain est déjà préparé.

365 pesticides

Les fruits et légumes qui sortent de ces récoltes à marche forcée sont plutôt « étranges », pour ne pas dire pires. On choisit évidemment les souches qui sont les plus présentables et « résistent » le mieux au transport, peuvent être présentées les plus longtemps – aux dépens de tout le reste, et notamment du goût.

On peut parler aussi des 365 pesticides différents que l'on trouve dans les fruits et légumes : certes sous les normes imposées par l'Union européenne, mais elle les a justement « harmonisées » récemment, au grand bonheur des producteurs de pesticides qui se félicitent de la levée des *« obstacles au commerce intra-européen »*, relate *L'Express*[1]. Le magazine prend ainsi l'exemple de l'Autriche, où *« plus de 65 % des pesticides verront leur taux maximal augmenter contre 4 % à peine qui baisseront »*, selon Global 2000, une ONG environnementale autrichienne.

Les associations écologistes estiment que la protection des consommateurs reculera dans plus de 200 cas, et le

1. 3 septembre 2008.

biochimiste Helmut Burtscher affirme que pour un enfant, la dose dangereuse sera *« dépassée après la consommation de 20 grammes de raisin (5 à 7 grains), 40 grammes de pomme ou 50 grammes de prune »*.

On peut enfin aborder rapidement un autre problème, qui vient cruellement poser la question de l'utilité de manger des fruits et des légumes frais. Non pas que le corps humain ait diminué ses besoins en vitamines, mais ce sont elles qui ont déserté les produits de l'agriculture. *Bastamag* souligne ainsi que les teneurs en nutriments des fruits ont largement diminué : 5 fois moins de fer dans une orange moderne que dans une orange des années 1950, 26 fois moins de vitamine A dans une pêche d'aujourd'hui que dans une autre de l'ancien temps. Actuellement, *« il faudrait 5 bananes, 10 oranges, et 26 pêches pour avoir sa dose de vitamine A ! »*

Les scientifiques mettent en cause l'usage de pesticides et d'herbicides, ainsi que d'engrais, qui, en accélérant le temps de croissance, diminue mécaniquement la latence pendant laquelle un fruit peut se gorger de ces minéraux.

D'autres pratiques liées au transport seraient en cause : ainsi, les fruits cueillis très en avance pour éviter leur dégradation pendant les interminables trajets qui les attendent, ne pourraient pas synthétiser des substances essentielles, faute de lumière du soleil.

Les souches choisies pour leur rendement et leurs capacités de croissance ont pour défaut de mal fixer les microéléments, etc.

Il faudrait maintenant manger des quantités astronomiques de fruits et de légumes tels qu'ils nous arrivent pour espérer en tirer les apports nutritifs essentiels.

Comme *Bastamag* le fait remarquer, on peut se nourrir trop et rester sous-alimenté : en plus du milliard de personnes qui « *souffrent de la faim dans le monde, plus de trois milliards – soit la moitié de la planète – subissent une déficience en nutriments* ».

L'important pour les industriels du secteur est d'obtenir des fruits et légumes présentables, le plus rapidement possible, pour voir leurs marges augmenter. On verra dans les chapitres suivants que ces logiques amènent à de graves errements à l'échelle planétaire.

Mais revenons-en à notre bacille *E coli* mortel. Pendant un moment, on suspecte le concombre espagnol, en raison des différentes libertés prises par les producteurs au-delà des Pyrénées (cette défiance peut s'expliquer aussi par la libéralité avec laquelle s'effectuent les contrôles en temps ordinaire, entre voisins et gens de bonne compagnie).

Ainsi, comme le raconte Claude-Marie Vadrot, il y a bien des contrôles réalisés par un laboratoire indépendant à la frontière entre les deux pays, mais, en cas de problèmes, « *le résultat de l'analyse* [ne peut être communiqué] *qu'au producteur du fruit ou du légume et à la société qui importe le fruit ou le légume vers la France, l'Allemagne ou tout autre pays* ». Vous avez bien lu : les autorités sanitaires françaises ne sont pas directement prévenues si les marchandises importées présentent un défaut. Un délégué du ministère de l'Agriculture confirme l'information à Vadrot[1].

Comme Vadrot le fait remarquer, le contrôle n'arrête pas le camion : moralité, même en cas de problème, la cargaison est déjà repartie depuis longtemps. On comprend la

1. *Politis*, 30 mai 2011.

défiance des autorités envers leur propre système de protection quand le danger finit par se matérialiser !

Mais il se trouve en définitive que le problème venait de graines germées de haricot mungo (germe de soja) ou de graines de fenugrec poussant sous les latitudes égyptiennes (le mystère reste opaque, puisque la souche d'*E coli* toxique n'a pu être rattachée à une espèce animale porteuse ; la protection reste donc du domaine de l'hypothétique).

Eaux usées : un recyclage criminel

Marc Laimé, collaborateur au *Monde diplomatique* et animateur du blog *Les Eaux glacées du calcul égoïste*, évoque quant à lui une piste intéressante, qui, même si elle a été innocentée à l'occasion de ce drame particulier, vaut qu'on s'intéresse à elle : le *re-use*.

Derrière cet anglicisme anodin se cache un enjeu de plusieurs milliards. Il s'agit de la réutilisation des eaux usées et de son optimisation. En quoi cela consiste-t-il ? Eh bien, les industriels considèrent qu'on gaspille beaucoup trop d'eau et qu'elle peut faire l'objet de plusieurs circuits et d'utilisations indirectes en dehors de sa distribution dans les habitations : « *Irrigation des parcelles agricoles, nettoyage des zones urbaines, ou encore arrosage des gazons et espaces verts*[1] ».

À première vue, l'initiative pourrait sembler intéressante, voire la bienvenue, en cette période où l'eau commence à se faire rare, et les grands groupes n'hésitent pas à communiquer sur le sujet. « *La meilleure ressource*

1. Documentation : Suez Environnement.

qu'on puisse avoir dans les périodes de sécheresse, quand il y a un déficit d'irrigation des cultures, c'est quand même d'utiliser l'eau une deuxième fois », déclare ainsi le directeur général adjoint de Veolia Eau à Reuters.

Mais Marc Laimé dévoile un premier risque tout à fait évident auquel on peut rapprocher la crise de l'*E coli*. S'il y a en a dans l'eau, la réutilisation sur des cultures agricoles va propager les bactéries en un cycle de contamination perpétuelle.

Les eaux usées ne présentent aucune garantie en cette matière, et leur traitement exhaustif pourrait réduire considérablement l'intérêt de leur recyclage.

Plus généralement, c'est toute la stratégie des grands acteurs du marché de l'eau qui est mise en cause. Ces dernières décennies, les premiers partenariats public-privé avaient permis à ces géants de créer de véritables rentes sur le dos des usagers avant que de nombreuses communes qui y avaient recours décident d'y mettre le holà.

Changement de stratégie en perspective : il n'est plus question pour eux d'assumer les frais des infrastructures ou d'encourir des critiques. Ils veulent intervenir par le biais de nouvelles technologies coûteuses, comme le *re-use*, ou la désalinisation de l'eau de mer, dans le but, non pas de faire une utilisation judicieuse de l'eau, mais d'en faire une marchandise apparemment inépuisable (si ce n'est gratuite, puisque tout sera facturé à l'avenir concernant son usage, pour des montants astronomiques).

Les procédés mis en place vont être protégés par toutes sortes de brevets, rendant le passage via les multinationales obligatoire par voie légale. Au lieu de chercher à inverser les phénomènes d'assèchement des sols par surexploitation, on va simplement encourager l'achat de nouvelles réserves d'eau, sur les deniers propres des États, et, donc, de leurs citoyens.

Le but est de laisser aux administrations publiques tous les coûts irréductibles, que les industriels rechignaient à assumer, ce qui avait mis en déroute leur première « prise de pouvoir ».

Cependant, la mise en place d'entreprises « nationales » (même si de fonds privés) permet de compter sur des perspectives de croissance qui réjouissent suffisamment les autorités pour qu'elles se plient à ce genre d'arrangement.

À n'en pas douter, l'eau est un des plus grands – si ce n'est le plus grand – enjeux stratégiques des années à venir. On sait que l'épuisement des sources d'eau potable est un danger plus grand encore que celui des énergies fossiles.

Mais rien n'est réellement fait pour arrêter le gaspillage de l'eau, notamment dans le domaine agricole, qui en est le plus grand consommateur.

Entre deux approches, celle qui envisage des exploitations moins gourmandes, l'arrêt de la surproduction, la diminution des élevages et de la consommation de viande (beaucoup plus gourmande en eau que la culture de céréales), et celle qui affirme qu'il n'y a pas de problèmes dont l'industrie et la technologie ne puissent venir à bout en aval, on choisit à grande échelle évidemment la plus mauvaise, qui va certes assurer la continuation sur un rythme toujours plus hystérique des mêmes pratiques sans avoir à se poser de questions, mais hypothèque à terme la survie dans des conditions à peu près supportables du plus grand nombre.

En effet, quand l'eau aura atteint le prix de l'or, les gouvernements et les puissances de ce monde auront certainement des répugnances à en assurer la distribution aux citoyens, et sauront trouver les arguments pour remettre tout à coup en cause ce droit fondamental, comme bien d'autres avant lui.

Entre-temps, qui sait si de grandes épidémies véhiculées par une eau devenue poison n'auront pas décimé des pans entiers de la population ?

9

Transgénique : de la chimie dans nos assiettes

Qui n'a pas entendu parler du maïs transgénique, qui nourrit depuis des années de nombreux débats publics, que ce soit de par la méfiance qu'il suscite, ou de par l'insistance de certains lobbies et d'une partie des pouvoirs publics à essayer de démontrer son bien-fondé, ses avantages et sa nécessité pour l'avenir de l'espèce humaine ?

Tout le monde a eu vent, par exemple, du combat des agriculteurs en colère, prêts à « faucher le maïs » transgénique pour refuser sa dissémination.

Pourtant, rares sont ceux qui comprennent ou connaissent les enjeux réels du maïs transgénique, ou qui savent que le maïs n'est que la première culture à attirer l'attention sur elle concernant cette pratique déjà largement répandue avec d'autres plantes.

Pour comprendre de quoi il retourne, il faut bien sûr dire quelques mots du transgénique en lui-même, mais il faut surtout se pencher sur ses promoteurs, qu'on pourra difficilement, au vu des faits, croire pleins de bonnes intentions.

Le maïs qui a semé la discorde en France est la variété MON810 développée par Monsanto. Cette firme a également essayé d'imposer une autre forme de maïs en Europe : le MON863.

Mais de quoi s'agit-il ? Ces deux souches sont développées à partir de la technologie phare de cette entreprise, qui concerne également d'autres plantes : le « Bt ». Le « Bt » fait référence à la transformation génétique envisagée : la plante a été bombardée d'un gène ajouté à son ADN qui lui permet alors de produire naturellement la toxine insecticide Cry1Ab du *Bacillus thuringiensis*, d'où son nom : Bt. Ainsi, le maïs mis au point est censé résister aux insectes capables de détruire des récoltes, insectes comme la pyrale du maïs (*Ostrinia nubilalis*).

Le fait est que, d'un simple point de vue intellectuel, on peut se demander si le fait qu'une plante produise elle-même son propre insecticide est moins toxique pour le consommateur qu'une pulvérisation massive sur les cultures. Mais la firme Monsanto jure ses grands dieux, « preuves à l'appui », que son maïs est d'une parfaite innocuité pour l'homme et représente l'avenir de l'agriculture, étant donné les économies réalisées et la simplification de toute la chaîne de production. Enfin, des récoltes débarrassées de leurs nuisibles, des rendements améliorés, des sols plus sains, etc.

En réalité, les choses sont beaucoup plus complexes, le miracle tient de la mascarade, et la logique industrielle qui sous-tend les efforts de cette société est pernicieuse et toxique, au sens propre comme au figuré. Pour comprendre comment la rentabilité industrielle et financière pure ne peut se marier sans dommage – si ce n'est opérer sans mettre la vie de tous en danger – avec l'intérêt collectif, il nous faut nous pencher sur l'historique et les méthodes de cette entreprise et de ses concurrents.

L'entreprise qui a créé les PCB…

L'entreprise Monsanto est maintenant plus que centenaire : elle a été fondée en 1901 à Saint Louis, dans le Missouri. Spécialisée dans la chimie, la firme a une soif de croissance démesurée. En 1929, elle rachète la *Swann Chemical Company*, qui dispose des compétences pour produire industriellement les PCB. Les mêmes PCB qui intoxiquent massivement aujourd'hui les océans et les espèces marines[1]. Ils sont couramment utilisés dans la chimie, l'industrie et les réseaux électriques en raison de leurs propriétés isolantes et ininflammables. Mais ils sont d'une grande toxicité.

Parallèlement à cette production chimique industrielle, Monsanto développe aussi un herbicide qui va devenir le best-seller de la marque : le 2,4,5-T, largement employé dans toutes les cultures à travers le monde jusqu'à ce qu'une des usines de fabrication de cet herbicide parte en fumée à Nitro, en Virginie, en 1949. Deux cents ouvriers présents sur place développent de graves affections : on découvre alors que le 2,4,5-T est chargé en dioxines, dont la composition est très proche de celle des PCB.

Il est possible que la firme ait profité de son « savoir-faire » dans la chimie pour faire d'une pierre deux coups,

1. Voir le chapitre 6.

utiliser la toxicité du PCB et fabriquer un produit proche capable de détruire les mauvaises herbes. On voit mal comment ce genre de logique peut se conjuguer avec une préoccupation pour la vie, humaine ou animale, d'autant plus que, si la dangerosité révélée lors de l'accident de Nitro est une surprise pour le grand public, elle n'en est pas une pour Monsanto qui sait déjà depuis 10 ans que son herbicide est dangereux pour la santé, en raison de la présence de dioxine dans sa composition.

Est-ce que la firme arrête sa commercialisation pour autant ? Pas le moins du monde. Il faudra attendre son interdiction administrative progressive dans tous les pays du monde dans le courant des années 1970 et 1980 pour qu'il ne soit plus vendu. Monsanto ne sera pas inquiétée pour autant.

C'est dans les régions où ses usines sont implantées que les poursuites judiciaires sont finalement intentées : à Nitro, les habitants qui présentent un taux de cancer beaucoup plus élevé que la moyenne accusent l'entreprise de négligence ; à Anniston, elle est accusée, preuves de l'Agence de protection de l'environnement des États-Unis à l'appui, d'avoir déversé dans un ruisseau traversant le quartier noir de la ville, *« des milliers de tonnes de déchets contaminés*[1] *»*.

Le Monde reprend un article du *Washington Post* assez révélateur quant aux méthodes de Monsanto : *« En 1966, des responsables de l'entreprise avaient découvert que des poissons immergés dans ce ruisseau se retournaient sur le dos en moins de 10 secondes, pissant le sang et perdant leur peau comme s'ils avaient été bouillis vivants. Ils ne l'ont dit à personne. »* De la même manière, Monsanto va transformer

1. *LeMonde.fr*, 6 mars 2012.

les résultats d'études cliniques prouvant la toxicité du PCB chez le rat dans les années 1970 pour effacer purement et simplement les allusions aux effets cancérigènes de la substance.

Même après la condamnation de l'entreprise à 700 millions d'euros d'amende en 2002, aucun responsable ou dirigeant n'est inquiété à titre personnel.

L'Angleterre a récemment fait la découverte que Monsanto avait eu ce genre de pratiques également sur son territoire pendant des dizaines d'années, en toute connaissance de cause.

Les activités de la firme se sont cependant diversifiées au fil des ans. Son « formidable » 2,4,5-T a fait la preuve de sa toxicité. Pourquoi ne pas tout simplement en faire une arme de guerre ? Cette idée surréaliste ne désarçonne pas une seconde les dirigeants de Monsanto, malgré le mélange des genres ahurissants (nourrir le monde et le détruire en même temps, c'est un peu comme si Dassault, en France, s'occupait également d'exploitations agricoles), et l'« agent orange », fabriqué à partir de cet herbicide qui est commercialisé dans le monde entier, voit le jour.

… et « l'agent orange »

L'agent orange est un défoliant, largement utilisé par l'armée américaine sur le territoire du Vietnam, dans le but de dégarnir la forêt dense au sein de laquelle les combattants vietcongs se dissimulent (le défoliant provoque la chute des feuilles des arbres). Cependant, la toxicité du produit est déjà connue ; cela n'empêche pas l'utilisation de *« 40 millions de litres d'agent orange […], soit 400 kilos de dioxine pure. Trois millions de personnes ont été contaminées, dont des milliers de soldats américains*[1] ».

Le pays entier est encore aujourd'hui largement sinistré du fait de l'usage de ce produit non seulement cancérigène, mais aussi tératogène. Il provoque des mutations et des déformations chez les nouveau-nés et dans les populations jeunes exposées à la dioxine, dans des proportions qui en font un problème de santé publique de premier plan.

Confrontée à une plainte en 1978 déposée par de nombreux vétérans exposés à l'agent orange pendant la guerre, Monsanto sponsorise des études qu'elle trafique et manipule afin de prouver fallacieusement que la dioxine n'a aucun effet à long terme sur la santé. La plainte est ainsi traitée sur un mode mineur, ne débouchant que sur 180 millions d'euros de dommages et intérêts, avant que, quelques années plus tard, la vérité ne soit faite sur la façon dont Monsanto avait tout simplement menti pour protéger ses intérêts à l'aide de ces études maquillées.

Mais les exploits de cette entreprise cauchemardesque ne s'arrêtent pas là – même si leur ampleur donne parfois le tournis ou l'impression d'être en plein cœur d'un récit de science-fiction.

Le 2,4,5-T se faisant de plus en plus invendable, Monsanto lance en 1975 sur le marché un herbicide « biodégradable » et « bon pour l'environnement », le Round-up. Bien entendu, le Round-up n'est ni biodégradable, ni bon pour l'environnement, mais il faudra des années pour le faire reconnaître : ce n'est qu'en 1996 que la justice américaine condamne Monsanto pour publicité mensongère, et, en France, il faut attendre... 2007 ! Chaque fois, la peine est assortie d'amendes parfaitement dérisoires pour une

1. Robin, Marie-Monique, *Le Monde selon Monsanto*, 2008, 108 min.

entreprise de la taille de Monsanto. Ce laxisme judiciaire constitue une forme d'encouragement pour des entreprises sans foi ni loi.

En France, une procédure est actuellement en examen pour vérifier si l'herbicide peut toujours être gardé sur le marché. Il faut dire qu'en plus de ne pas être « biodégradable », il est certainement ultratoxique. Comme à son habitude, Monsanto nie tout, mais des études scientifiques indépendantes montrent que le glyphosate, le principe actif du Round-up, a des effets tératogènes sur la vie animale.

Son autre produit phare de cette catégorie, le Lasso, est aujourd'hui interdit en France (encore une fois très tardivement, en 2007, quand on sait qu'il est par exemple interdit au Canada depuis 1985), et Monsanto vient d'être condamnée à indemniser l'agriculteur Paul François qui avait porté plainte contre elle après avoir inhalé du Lasso sans être conscient des dangers que cela impliquait (et souffrir de graves contre-effets sur sa santé).

On connaît également les problèmes liés aux hormones de croissance produites par la firme[1], et l'étouffement, systématique et représentatif, de l'affaire par la direction de Monsanto. On sait également que la firme était l'un des producteurs majeurs d'aspartame avant d'en arrêter la fabrication en 2000 ; elle nie toujours aujourd'hui son caractère toxique (et on connaît la valeur de ses dénégations). Ses directeurs s'estiment victimes d'un complot visant à salir le nom de l'entreprise et mettent en relief les « valeurs » autour desquelles, d'après eux, elle se bâtit : « intégrité », « transparence », « dialogue », « respect », etc.

On pourrait revenir sur chacune de ces prétentions et les démonter une par une. Le drame étant bien sûr que

1. Voir le chapitre 2.

Monsanto n'est pas seule dans son cas : pour ne citer qu'un exemple représentatif, IG Farben, en Allemagne, est une firme au passé tout aussi chargé. Débutant comme la firme américaine ses activités dans la chimie, c'est elle qui produit le Zyklon B, le gaz utilisé dans les camps de concentration pendant la Deuxième Guerre mondiale. La société n'est pourtant pas dissoute à la fin du conflit.

Petits arrangements entre amis

Elle est désormais le premier producteur d'OGM en Europe (loin derrière Monsanto qui en contrôle les 90 % à l'échelle mondiale). Elle se livre donc aux mêmes pratiques que sa concurrente, et son activité dans le domaine pharmaceutique est assez controversée. En 2006, elle retire du marché un médicament anticholestérol qui aurait provoqué la mort de plus de 50 personnes. L'entreprise se targue de faire partie de *Global Compact*, un partenariat avec l'ONU selon lequel IG Farben s'engage à respecter les droits de l'homme et l'environnement, en échange de quoi elle peut se targuer de l'accord et faire valoir ce patronage précieux pour avancer masquée aux yeux du public.

Mais, revenons à Monsanto, qui reste le « fer de lance » de cette propension à établir un double discours entre des faits sans appel et une volonté affichée d'œuvrer pour le bien commun. Comment une telle aberration peut-elle continuer de fonctionner ? Eh bien, il faut que l'entreprise entretienne des relations avec les instances politiques et institutionnelles, afin d'assouplir les réglementations, de contourner le droit, de repousser les échéances – tout comme elle doit se draper dans une légitimité scientifique à n'importe quel prix, quitte pour cela à user des moyens les plus douteux à sa disposition.

Comme le souligne Marie-Monique Robin, le moment historique de l'épanouissement maximum de Monsanto a correspondu à une ère de parfaite adéquation entre la volonté de l'État et celle des entreprises : la première administration Bush (père), venant après la libéralisation féroce menée par Reagan, ne vit que par un seul mot d'ordre : « déréguler ». Il faut laisser au maximum le champ libre aux entreprises, ce sont elles qui savent ce qu'elles font, ce qui est bon, et qui apportent la croissance.

Cette religion entrepreneuriale aura les fâcheuses conséquences que l'on sait ou que l'on devine désormais, et encourage tous les débordements. Monsanto demande à ce qu'on lui lâche la bride concernant l'ingénierie biologique, et c'est bientôt chose faite, d'autant plus facilement qu'un dénommé Donald Rumsfeld a vu ses intérêts personnels se mêler étroitement à ceux de l'entreprise[1]. Mieux encore, il faut imposer la « biotechnologie » américaine comme le leader mondial, rester premier sur ce marché au potentiel formidable (on estime à l'époque que l'activité dans le secteur sera décuplée d'ici les années 2000). Tant et si bien que c'est la diplomatie américaine elle-même qui se retrouve aux premiers postes pour encourager par la suite le déploiement du maïs Monsanto sur le front européen.

Un intense lobbying est exercé auprès de la Commission européenne pour encourager son exploitation, alors même que toutes les garanties pour la santé ne sont pas réunies – et pour cause –, et les autorisations à l'échelon supranational se voient souvent opposer une fin de non-recevoir dans les différents pays de l'Union.

1. Voir le chapitre 13 et la nébuleuse de l'aspartame.

Lors du grand déballage de WikiLeaks, on peut lire parmi les documents confidentiels la prose suivante : « *L'Europe recule plutôt que d'avancer* [sur la question des biotechnologies], *avec la France, qui joue un rôle de premier plan, l'Autriche, l'Italie et même la Commission. Passer à des représailles montrerait clairement que la voie actuelle a un coût réel pour les intérêts européens, et pourrait aider à renforcer ceux qui soutiennent les biotechnologies en Europe*[1]. »

Les décisions macropolitiques, comme les sanctions économiques, sont donc envisagées pour faire passer la volonté d'une entreprise de droit privé, dont la préoccupation dernière n'est certes pas, comme on a pu le voir au cours de cette succincte et incomplète évocation de son passé, le bien de la collectivité.

L'Organisation mondiale du commerce (OMC) est ainsi appelée à la rescousse pour décider de sanctions contre l'Europe. La firme, comme on le voit, est installée au cœur des institutions qui lui servent de véhicule et l'appuient dans son implacable parcours vers l'hégémonie.

Car il nous faut revenir à présent au cas du transgénique, qui a ouvert notre propos. Si le combat est si âpre sur le sujet – et c'est d'une bataille planétaire qu'il s'agit –, c'est que Monsanto y voit clairement son avenir et une manière de s'assurer un pouvoir mondial sans précédent.

Monsanto et la domination du monde

Comme pour le reste de ses différents produits, l'innocuité du maïs et autres céréales transgéniques (comme

1. *Rue89*, 27 août 2011. Le document remonte à 2007.

le soja, le colza, etc.) produits par Monsanto est tout à fait douteuse. Des études indépendantes réalisées concernant ces organismes montrent des effets nocifs sur la santé des animaux de laboratoire. L'une d'entre elles, publiée en mars 2007 dans la revue *Archives of Environmental Contamination and Toxicology*, conclut à la toxicité du maïs MON863 pour le foie et les reins.

Le Monde[1] reprend les résultats de ces travaux : le « *maïs MON 863 perturbe plus ou moins fortement, chez le rat, de nombreux paramètres biologiques : poids des reins, poids du foie, taux de réticulocytes (jeunes globules rouges), de triglycérides, etc. La chimie urinaire est également modifiée, avec des réductions de sodium et de phosphore excrété pouvant aller jusqu'à 35 %* ».

Ce n'est qu'une partie des résultats observés. Détail intéressant, les auteurs de cette étude se sont servis de données fournies par Monsanto, dans le cadre d'une commande auprès de chercheurs payés par la firme. Ces chercheurs avaient bien observé des écarts entre les populations de rats exposées au MON863 et celles nourries de maïs traditionnel, mais en avaient conclu à une « *variabilité naturelle des paramètres mesurés* ». Comme d'habitude, Monsanto a orienté les résultats pour innocenter son produit, affirmant que les différences observées entre les sexes contredisaient l'idée d'un systématisme des effets du maïs. Mais le foie est justement un organe qui réagit différemment aux toxiques selon le sexe, et toutes les variations enregistrées concernent justement les reins ou le foie.

Cependant, les positions des scientifiques s'opposent sans qu'il soit possible de trancher pour les néophytes (le renvoi dos à dos des interprétations étant plutôt pratique

1. 13 mars 2007.

pour la grande marque qui voit dans le statu quo un synonyme de commercialisation), et les fonds publics manquent pour mener des recherches réellement indépendantes.

L'une des seules qui aient vu le jour, en Grande-Bretagne avec un budget de deux millions d'euros, a été menée, avec une équipe de 30 chercheurs, par le Pr Arpad Pusztai sur une espèce de pomme de terre transgénique en 1998 pour aider au lancement des OGM. Malheureusement, le professeur constate que les pommes de terre en question ont des effets nocifs sur la santé des rats testés (multiplication des cellules de l'estomac, et système immunitaire de l'estomac sur-réagissant aux stimuli).

La *Food and Drug Administration* parlait quant à elle d'une « *technologie neutre*[1] ». Au vu des tests réalisés, le Pr Pusztai est persuadé que c'est bien la technologie utilisée, et non le gène ajouté pour améliorer la pomme de terre, qui pose problème, puisque les tests menés sur le gène isolé n'ont donné aucun résultat négatif. Pour lui, les citoyens britanniques qui voient arriver les premières cargaisons de soja transgénique dans le pays vont servir de cobayes.

Le lendemain d'une prise de position publique, pourtant effectuée en accord avec sa direction, il est licencié, et son équipe, dissoute. D'une manière générale, comme on y reviendra dans le chapitre 13, les études commandées par Monsanto, ou d'autres grandes firmes, sont prises pour argent comptant par les autorités de régulation malgré le fait que les scientifiques qui les mènent dépendent, sur le plan financier, intégralement de ces entreprises.

À l'inverse, les études indépendantes qui soulignent les incohérences, les dangers et les porosités de connaissances insuffisantes pour s'abstenir d'appliquer le principe

1. Robin, Marie-Monique, *Le Monde selon Monsanto*, op. cit.

de précaution se voient toutes dénigrées, signalées comme manquant de sérieux ou accusées de biaiser. Pourtant, l'historique de Monsanto devrait inciter à la plus extrême prudence... À la vérité, les intérêts financiers représentés sont trop immenses pour que ce genre de facteurs soit le seul à être pris en compte.

Le transgénique s'installe dans le monde

Même si l'Europe résiste encore plutôt bien à l'implantation du transgénique, Monsanto progresse à pas de géant partout dans le monde, notamment avec son soja transgénique. Il fait partie de la classe des céréales génétiquement modifiées de type « Round-up Ready », ce qui signifie littéralement que la plante est conçue pour résister au Round-up et, de cette manière, on peut répandre de grandes quantités de cet herbicide sur les champs, par avion ou par épandage, pour faire des traitements industriels. D'où un gain en temps, en hommes, et une économie de moyens. Sauf que, bien sûr, les mauvaises herbes finissent par développer des résistances contre le Round-up, rendant le système inutile.

Qu'à cela ne tienne : il suffit de rendre les OGM résistants à un autre herbicide pour augmenter le spectre de diffusion, tuer plus de mauvaises herbes et, par là même, bien sûr, polluer plus.

Pourtant, la WWF, qui entretient des rapports plutôt troubles avec Monsanto, n'a pas exclu de s'asseoir à la même table que l'entreprise pour discuter des conditions d'amélioration de l'exploitation du soja, comme elle y a convié également les autres acteurs-clés du secteur comme

Nestlé, Cargill, BP, ou Shell (les mêmes BP et Shell qui ont les fortunes que l'on connaît dans les hydrocarbures).

Alors même qu'un label créé par l'IMCOPA, « *plus grande entreprise de concassage de graines de soja au monde*[1] » authentifiait un soja non OGM qui connaissait un franc succès, l'initiative de la WWF a de quoi rendre perplexe : en effet, les industriels se targuent de leurs négociations avec la célèbre association de défense de l'environnement pour faire valoir un comportement et un soja « responsables », sans avoir changé quoi que ce soit à leurs pratiques, et les acheteurs s'y laissent prendre, tandis que les consommateurs ne savent plus à quels saints se vouer.

La WWF affirme que, si elle quittait cette discussion, personne n'essaierait d'améliorer les choses, mais il n'empêche que le mal est fait et que Monsanto, comme les autres, s'achète une nouvelle fois une conduite. Comme on l'a vu, la course contre la montre est tout à son avantage : tant qu'elle apparaît comme présentable, l'entreprise vend sa marchandise, et il sera toujours temps par la suite d'affronter les éventuelles péripéties judiciaires, sachant que les dommages encaissés demain ne seront jamais à la hauteur des bénéfices dégagés aujourd'hui.

En attendant, la firme ne se prive pas, quant à elle, d'être agressive sur tous les terrains, et notamment en entamant elle-même un type de poursuite en justice tout à fait particulier. C'est d'ailleurs dans ces procédures que l'on peut commencer à comprendre le but que poursuit Monsanto avec sa politique OGM.

Il ne s'agit pas simplement d'améliorer les semences mondiales, ni dans un but philanthropique, ni pour rester en tête devant les avancées de la concurrence. Il est en fait

1. *Bastamag*, 13 juillet 2011.

question de *privatiser* les semences, de se rendre propriétaire du patrimoine biologique et agricole de la planète, même si cela semble relever de la dernière absurdité.

On n'est pas loin ici de la « brevétisation » à outrance qui frappe tous azimuts le domaine industriel cherchant à tirer profit de tout et de n'importe quoi (comme certains ont essayé de breveter des mots pour s'en approprier l'usage privatif).

Breveter la nature

Monsanto entend bien faire respecter son droit de propriété sur « ses » semences. Chaque agriculteur qui fait usage de ses produits est prié de détruire les graines d'une année sur l'autre, afin d'en racheter à la firme pour replanter. Sinon quoi ? La firme diligente des « contrôles » d'experts qui vérifient les exploitations agricoles et fouillent afin de trouver les preuves de la désobéissance d'un exploitant.

Si elle se sent flouée, elle attaque systématiquement en justice (alors qu'elle soutient par ailleurs employer au premier chef le « dialogue » avec ses partenaires dans sa charte).

De nombreux propriétaires terriens aux États-Unis, où le soja Bt est très implanté, ont ainsi été expropriés ou mis sur la paille du fait de ces accusations, car ils ont compris hélas trop tard qu'ils étaient en fait les victimes d'un cercle vicieux qui les forçait à consommer toujours plus de semences Monsanto (puisqu'ils avaient renoncé aux anciennes graines, pas assez rentables).

La multinationale remplace ainsi les variétés historiques par les siennes dans le but de devenir le distributeur exclusif de céréales dans le monde entier ! Mais cette tentation hégémonique ne s'arrête pas là puisqu'il est encore trop difficile de faire respecter ce fameux droit de propriété par des contrôles incessants, surtout sur des territoires moins strictement légalistes que les États-Unis.

Monsanto a alors la brillante idée de faire fonctionner de nouveau la boîte à outils technologique, en dehors cette fois de toute considération autre que purement intéressée, pour limiter artificiellement la réutilisation d'une semence.

La firme rachète *Delta & Pine Land* 1,8 milliard de dollars[1] pour mettre la main sur un brevet permettant un « verrouillage » génétique des semences, qui ne peuvent alors plus repousser d'une année sur l'autre. L'organisation RAFI (*The Rural Advancement Foundation International*) surnomme « Terminator » cette abomination. L'indignation soulevée à travers le monde est telle qu'elle force le PDG de Monsanto, Georges Shapiro, à la démission.

Espérant certainement qu'un revirement de l'opinion publique ou un assouplissement des critères moraux (pourtant déjà faibles) liés aux pratiques industrielles lui permettra de revenir à la charge, l'entreprise s'engage alors à ne pas utiliser cette technologie, mais continue de travailler dans l'ombre à mettre au point des variantes de ce procédé et à déposer des brevets en la matière. En attendant, l'idée même de ce « Terminator » a de quoi donner des frissons.

Il s'agit d'une nouvelle étape dans l'ignominie, sous prétexte de lutter contre le « piratage » : si l'on y réfléchit, le destin entier de l'humanité pourrait être mis entre les mains d'une entreprise courant uniquement après le profit,

1. *Le Monde diplomatique*, juillet 2001.

ayant recours régulièrement à des procédés condamnables, au mensonge, au parjure, etc. Imaginons un instant que le procédé de limitation des semences en question se généralise. Grâce à des rendements sans équivalents – ou prétendus comme tels par moyens de grandes campagnes publicitaires –, les graines manipulées seraient largement préférées et remplaceraient les variétés naturelles.

L'alimentation de la terre entière serait donc littéralement suspendue à la production et au renouvellement de semences qui, si elles venaient à disparaître, seraient à l'origine d'une famine dévastatrice. Qu'on pense alors à une éventuelle récession ou à des changements de conditions imprévus dans les prochaines années ou décennies pour les sociétés humaines, et on pourrait se représenter l'étendue du désastre.

D'autant que Monsanto est loin de se limiter aux céréales : elle s'attaque maintenant aux fruits et légumes. Elle a ainsi déposé un brevet sur le melon en mai 2011, après l'avoir modifié génétiquement afin qu'il résiste à certains virus, et en « *août 2011, l'Autorité nationale de biodiversité indienne a ainsi annoncé qu'elle portait plainte contre la compagnie, accusée d'avoir mis au point une aubergine génétiquement modifiée (BT-Brinjal) à partir de variétés locales sans en avoir demandé l'autorisation*[1] ».

La démarche rampante de l'ogre américain est encouragée par le flou qui règne encore sur le statut juridique du vivant, en ce qui concerne l'exploitation commerciale. On peut concevoir l'urgence de légiférer en la matière pour lever toute ambiguïté et déclarer patrimoine humain inaliénable les denrées qui président à notre subsistance même, mais les gouvernements nationaux ne semblent

1. *Le Monde*, 6 mars 2012.

pas prendre conscience de l'ampleur et de l'urgence du problème. Ou, quand ils le comprennent, ils ne réagissent pas forcément au mieux : ainsi, en mai 2012, le gouvernement indien envisage de vendre les 40 000 variétés de semences existant dans le pays aux multinationales, dont Monsanto, pour « *bénéficier de l'expertise* [de ces firmes] *en vue de développer des semences à rendement plus élevé pour les agriculteurs indiens*[1] ».

Comme on va le voir, la formulation ne manque pas d'ironie. Les banques de semences qui contiennent ces différentes variétés ont été constituées au départ pour s'assurer une sécurité alimentaire en cas de grave catastrophe : elles finissent par tomber entre les mains des géants de l'agroalimentaire, qui n'hésiteront pas à déposer des brevets sur tous ces gènes une fois qu'ils en auront pris possession.

Si Monsanto a provisoirement renoncé au projet de verrouillage des semences, cela ne l'empêche pas de viser à étendre sa domination mondiale par tous les moyens possibles, et ce, bien souvent au mépris des communautés rurales qui en font les frais dans les pays pauvres.

En Amérique latine, où la firme est très bien implantée, la monoculture – principalement celle du soja – se répand sans presque aucune résistance, au prix de l'expropriation forcée de nombreux petits paysans. S'ils décident malgré tout de s'accrocher à leurs terres, c'est à leurs risques et périls : les épandages massifs d'herbicides et de pesticides provoquent des maladies et des cancers dans la population locale largement exposée sans que les pouvoirs publics, avides d'améliorer leurs exportations, s'en formalisent spécialement.

1. *Bastamag*, 30 mai 2012.

Des OGM aux quatre vents

Un autre problème a fait son apparition, qu'on a aussi bien connu en Europe : la dissémination. L'activité des faucheurs, qui a eu une telle publicité au tournant des années 2000, était principalement motivée par le risque représenté par cette réalité : les plantes, en poussant, répandent du pollen qui peut féconder des champs voisins et disséminer les espèces transgéniques en mettant en danger les variétés naturelles des plantes comme le maïs ou le colza.

Si, en France, le danger est plus ou moins circonscrit, au Mexique, il a donné lieu à un drame national, puisque les paysans et scientifiques ont constaté localement que la dissémination et la contamination suivaient déjà largement leur cours dans un pays qui est le berceau naturel de la production du maïs et compte de multiples variétés qui font partie du patrimoine biologique de la planète (d'autant que le maïs mutant qui se développe alors présente certaines déformations qui font douter de sa viabilité à long terme).

Il est vrai que la science de la manipulation génétique est encore toute récente, quelques dizaines d'années à peine, et pourtant déjà largement utilisée, sans tenir compte des éventuelles conséquences néfastes majeures qui pourraient être dévastatrices sur les espèces concernées (on ne sait rien, par exemple, de la stabilité de ces produits mutants sur plusieurs générations).

Monsanto fait courir un grave danger à la biodiversité, d'autant plus que certains n'hésitent pas à poser la question de la responsabilité et de l'intentionnalité de la firme à ce sujet, car la tentation est grande de provoquer un état de fait qui sera ensuite soumis à une simple ratification de principe de l'État victime de cette manœuvre. C'est ainsi, comme le rapporte Marie-Monique Robin, que le Paraguay a dû légaliser le soja transgénique pourtant illégal sur son territoire en raison de la prolifération des cultures clandestines et du mélange des souches. Il n'y a eu aucune résistance possible.

En Inde, justement, l'introduction des semences Monsanto a été présentée comme une révolution capable de changer la vie des paysans pauvres. On leur offrait le coton Bollgard (Bt), qui résistait aux parasites naturels du coton, notamment le ver de la capsule qui fait des ravages sur les cultures (l'Inde est le troisième producteur mondial de coton).

Résultat : non seulement le fameux coton finit par ne plus être efficace, car les vers en question développent des résistances contre le pesticide que la plante développe, mais en outre de nouveaux parasites apparaissent, et les plants OGM se sont révélés plus sensibles à des maladies que ceux des champs originaux.

Maintenant que les maladies se propagent, elles affectent aussi les plantations non transgéniques. Pour reprendre le vocabulaire de rentabilité dont les gens de ces milieux industrialo-financiers sont friands, c'est une situation perdant-perdant.

Monsanto a admis récemment l'inutilité de son coton transgénique : ses publicités faisaient état d'une nécessité en pesticides inférieure de 78 % à la normale et d'un rendement supérieur de 30 %. Les deux allégations sont fausses ; comme le remarquent les agriculteurs[1], il faut répandre des pesticides sur les cultures OGM aussi bien que sur les traditionnelles, ce qui leur ôte tout intérêt.

1. Robin, Marie-Monique, *Le Monde selon Monsanto*, op.cit.

Cependant, le coton Bollgard est maintenant dominant sur le marché, même si son inefficacité a été prouvée. Il est très difficile aux paysans indiens de trouver d'autres semences.

Pire que cela, ce coton transgénique coûte quatre fois plus cher que le coton traditionnel, ce qui met les agriculteurs au bord du gouffre : une année de récolte ratée, et c'est la misère, l'endettement.

On compte en moyenne 1000 suicides mensuels de paysans (150 000 depuis 1993), depuis que les semences OGM ont été autorisées en Inde en contrepartie des aides internationales distribuées par le FMI. Une fois encore, les intérêts des multinationales sont défendus par les États occidentaux par le biais de pressions commerciales et économiques.

Le Pr Mahantha Devaru Nanjundaswamy, fondateur du Mouvement pour la défense des fermiers du Karnataka (Karnataka Rajya Ryota Sangha – KRRS) affirme que « *certains des fermiers qui se sont suicidés avaient réalisé jusqu'à 50 pulvérisations d'herbicide et de pesticide sur leurs champs de coton, mais cela n'a pas empêché leur récolte de dépérir*[1] ».

Les défenseurs des OGM arrivent encore à dire qu'il n'y a là que des concours de circonstances qui n'ont rien à voir avec les plantes génétiquement modifiées. On peut voir ici la contradiction dans l'attitude de l'État indien aussi bien que la situation désagréable dans laquelle il se trouve : soumis à la pression croissante des grandes firmes, il s'est laissé berner – comme les autres – par le progrès qu'on lui a fait miroiter.

1. Cité par *Les mots ont un sens*, avril 2009.

Maintenant que Monsanto et ses concurrents contrôlent majoritairement les semences à l'échelle mondiale, difficile pour le gouvernement indien de lutter, si ce n'est en monnayant ce qui lui reste, les banques de semences, et en espérant pouvoir contrôler ce qui en est fait par un développement commun.

Bien entendu, il est possible que la corruption et les intérêts personnels puissent jouer un certain rôle également dans ce processus, mais il paraît peu probable qu'il en sorte quoi que ce soit de bon.

En attendant, Monsanto poursuit sa « mission » partout où elle le peut, de plus en plus agressivement, esclave en cela des objectifs de rentabilité actionnariale qui la poussent aux dernières extrémités. Le Népal est maintenant dans le collimateur de la firme, appuyée par l'USAID (Agence des États-Unis pour le développement international) pour *« stimuler la production locale de maïs en utilisant des semences hybrides importées*[1] *»*. Des associations locales craignent la disparition des semences traditionnelles, réutilisables d'une année sur l'autre, et une dépendance accrue aux importations.

Ce schéma opératoire, consistant à pénétrer un pays ou une région sous prétexte d'en aider le développement, se retrouve aussi ailleurs. Ainsi, en Afrique, c'est la fondation de Bill Gates, propriétaire de Microsoft, qui œuvre pour le développement local, et accessoirement pour l'implantation de la firme. *« Monsanto, multinationale de biotechnologie agricole, est leader dans le domaine des technologies de tolérance à la sécheresse et s'est engagée à rendre ses technologies propriétaires disponibles gratuitement aux petits fermiers*

1. *Contre-Info*, janvier 2012.

d'Afrique », déclaration soulignée par Emmanuelle Walter sur son blog.

On a ici à la fois la prétention d'aider au développement, le « geste » gratuit, mais le rappel d'un droit de propriété qui est le fond du discours et qui refera suffisamment tôt son apparition, une fois que les fermiers n'auront plus le choix.

Pour clore ce chapitre, revenons enfin sur une des initiatives les plus moralement douteuses de Monsanto, survenue récemment, et signalée par *Rue89*[1]. À la suite du tremblement de terre meurtrier qui a touché Haïti, la firme a royalement fait part de son intention de faire don de 476 tonnes de semences aux fermiers sinistrés. Comme toujours, *« l'opération est soutenue par le gouvernement américain »*.

Les activistes locaux s'empressent de dénoncer ce qu'ils considèrent comme un cheval de Troie implanté par le géant industriel : même si les semences en question ne sont pas des OGM, leur utilisation sera soumise tôt ou tard (si ce n'est l'année suivante, alors, dans une perspective plus lointaine) au versement de royalties à Monsanto. Les graines vendues par la marque ne sont valables que pour une récolte : en quoi peuvent-elles aider le retour à l'indépendance alimentaire d'un pays qui en a besoin pour sortir de la misère ?

La question reste ouverte et on peut voir là la marque d'un cynisme à son plus haut niveau, présentant une firme au passé déjà lourd de manœuvres délétères comme le sauveur potentiel d'un pays sinistré, alors même que ses raisons réelles sont transparentes. La rapacité d'une telle

1. 28 mai 2010.

pratique doit être soulignée, quand on sait que cette entreprise est responsable, en tout premier lieu, de notre alimentation, et cherche à mettre en place un rapport de forces – par le biais des agriculteurs – entre elle et les consommateurs pour l'avenir.

Il faudra en passer par Monsanto pour manger, c'est-à-dire pour survivre, si on ne fait rien pour lutter contre cette hégémonie.

10

Dans l'enfer chinois

Comme nous l'avons vu jusqu'à maintenant, les pratiques de production du monde occidental sont pour le moins douteuses. Mais si nous avons de très bonnes raisons d'être inquiets, qu'en est-il des pays émergents, qui sont connus pour leur « souplesse » administrative et leur côté peu regardant ? La question s'est posée avec une actualité brûlante en Chine ces trois ou quatre dernières années, au point que la qualité de l'alimentation soit maintenant le sujet d'un vaste mécontentement de la part de la population du pays, qui la place en tête de ses revendications.

La crise politique majeure n'est pas loin. Il faut dire que les scandales se sont succédé avec une grande régularité et que les autorités ont été incapables de tranquilliser les inquiétudes soulevées. En 2009, la Chine s'est dotée d'une loi en matière de sécurité alimentaire, mais, selon le *Wall Street Journal*, repris par l'*Expansion*[1], cette loi ne définit

1. 28 avril 2011.

« pas de normes, pas de budget, pas de procédure pour obtenir l'application des régulations, et pas de façon claire de résoudre les différends ». C'est donc principalement une opération de communication à laquelle se livre le gouvernement, mais cela ne suffira pas, en raison de la multiplication des révélations.

Même si un scandale concernant un colorant industriel cancérigène utilisé dans l'élevage du poulet fait parler de lui en 2006, les choses sérieuses commencent réellement en 2008 : deux scandales monstrueux viennent ébranler les bases de l'agriculture nationale, mais aussi poser la question à l'échelle mondiale des conditions que l'on est prêt à accepter venant d'un pays largement exportateur (si cela ne nous gêne pas fondamentalement que nos jeans et nos ordinateurs soient fabriqués dans des conditions douteuses, la nourriture relève d'un autre problème, car elle fait courir des risques d'empoisonnement).

En février de cette année 2008, ce sont en effet 3700 Japonais qui sont intoxiqués et quelques dizaines hospitalisés à cause de raviolis importés de Chine. Pourquoi donc ?

On retrouve des résidus de métamidophos, pesticide encore largement utilisé malgré son interdiction en 2007 sur le territoire chinois. Les deux gouvernements se renvoient la balle, la Chine accusant le Japon de sabotage pour s'en sortir.

L'affaire du lait pour bébé

Or, juste après, en mars, c'est l'affaire du lait pour bébé qui connaît un retentissement international : 8 nourrissons trouvent la mort et entre 100 000 et 300 000 autres (!) sont contaminés par de la mélamine.

Qu'est-ce que c'est ? C'est une substance parfois utilisée pour augmenter artificiellement le taux de protéines d'un produit – en l'occurrence le lait de vache destiné à l'alimentation maternelle –, mais d'ordinaire utilisée comme résine à la base du formica.

Il peut paraître illogique de donner du formica à boire aux enfants. C'est pourtant ce qui se passe en Chine. Pire : l'une des entreprises concernées, Sanju, est associée à Fonterra, un partenaire néo-zélandais, lequel, averti du problème, prévient son propre gouvernement qui se tourne immédiatement vers celui de Chine.

Mais, alors que les Jeux olympiques se profilent, l'heure est plutôt à l'étouffement des problèmes, et le gouvernement met beaucoup trop de temps à réagir (la mélamine cause de graves troubles rénaux pouvant entraîner la mort, d'autant plus chez le nourrisson qui possède un organisme très fragile). C'est donc à la suite de ce scandale que le gouvernement chinois fait passer la fameuse loi censée résoudre les problèmes. Les affaires se tassent jusqu'en 2011. Là, c'est un véritable florilège. On apprend ainsi coup sur coup :

- que 10 % du riz produit en Chine contiendrait une dose trop élevée de cadmium, qui, comme tous les autres métaux lourds, est assez dangereux pour la santé ; cela serait dû à la pollution très élevée des cours d'eau dans les zones fortement industrialisées de la Chine.

- que certains éleveurs de porcs n'hésitent pas à avoir recours au clenbutérol, un anabolisant qui augmente la masse musculaire des animaux, mais rend accessoirement malades ceux qui les mangent.

- que la tentation de la teinture chimique n'avait pas totalement disparu. Comme dans le cas du scandale ayant touché la production de poulets en 2006, cette fois-ci, ce sont des petits pains industriels (300 000 au total) qui sont badigeonnés de « jaune » pour évoquer la couleur du maïs.
- que les nitrates, largement issus des engrais utilisés trop abondamment dans l'agriculture, pouvaient se retrouver en grande quantité dans le soja.
- très récemment, on apprend aussi que certains vendeurs de légumes badigeonnent leurs choux de formol pour augmenter leur durée de vie en rayon. Évidemment, nul besoin de dire que le formol est très dangereux pour la santé.

Au total, le gouvernement compte *« 62 000 cas de production ou de vente d'aliments insalubres*[1] *»*. Tant et si bien que les menaces légales se multiplient envers les contrevenants : les montants des amendes n'ont jamais été aussi élevés, et, pour les responsables, la peine de mort est requise systématiquement. Celui par qui le scandale du porc au clenbutérol est arrivé a été condamné à la peine capitale avec sursis.

Mais cela semble sans effet. Fin 2011, *Le Courrier international* se fait l'écho d'une enquête menée à Pékin par *Jingji Cankao Bao*, un quotidien économique. Ses journalistes suivent les traces des « eaux grasses » de restaurants, récupérées par des paysans qui les utilisent en toute illégalité pour engraisser des porcs, ou des trafiquants qui les font bouillir pour en conserver l'huile. *« L'huile de caniveau »*, comme elle est appelée, n'est plus exclusivement fabriquée avec les eaux usées de restaurants, *« mais aussi*

1. *Rue89*, 11 mai 2012.

avec de l'huile de friture usagée, des morceaux de porc que l'abattoir a rejetés et des graisses provenant de carcasses de poulets ou de canards. En fait, n'importe quoi peut servir à fabriquer de la prétendue "huile alimentaire" dès lors qu'on peut en extraire de l'huile et en changer la couleur ».

L'huile de caniveau dans la cuisine

Cette huile de caniveau est fabriquée dans de nombreuses usines de raffinement dans toute la région avant d'être ultimement filtrée pour la débarrasser de son aspect peu ragoûtant et la vendre dans le commerce comme « huile d'assaisonnement ». Ainsi, les consommateurs chinois l'utilisent dans leur alimentation sans savoir que c'est de l'huile « recyclée », déjà consommée une première fois, et passée par tout un cycle répugnant. Selon les journalistes, il régnerait une certaine tolérance vis-à-vis de ces pratiques, certaines usines existant depuis plus de 10 ans et possédant même les attestations officielles et le « label QS (*Quality Safety*) ».

Le trafic concernerait des centaines de tonnes au quotidien, rien que dans la région de Pékin, et rapporterait des dizaines de millions d'euros par an. Il intéresse forcément les mafias locales et dégage suffisamment de bénéfices pour pouvoir soudoyer les autorités. Il semblerait également que ces réseaux clandestins rendent en fait un fier service à l'administration chinoise, qui n'a pas du tout les moyens d'assurer dans sa totalité l'évacuation des déchets des restaurants ou de l'élevage dans son ensemble.

On peut bien sûr s'estimer heureux de ne pas vivre dans un pays soumis à une absence aussi criante de règles visant à protéger sa population. Mais ce soulagement prend vite fin quand on se rend compte qu'à l'ère de la mondialisation, l'éloignement géographique n'est pas du tout une garantie suffisante pour laisser les Chinois à leur triste sort : la Chine exporte ses marchandises, et les scandales qu'elle a déjà enregistrés ont connu des suites dans d'autres pays du monde.

Outre l'affaire concernant les raviolis au Japon, on peut citer le cas d'un dentifrice chargé en diéthylène glycol, généralement utilisé dans les antigels. « *Cette substance est mortelle lorsque des quantités quatre fois supérieures à celles d'un brossage normal sont ingérées. Des dizaines de personnes en seraient mortes en Amérique latine*[1]. »

Le lait à la mélamine était commercialisé également dans d'autres pays : au Burundi, au Gabon, au Bangladesh, en Birmanie et au Yémen. En Europe, ce sont des friandises importées de Chine qui ont soulevé les soupçons des autorités dans des magasins asiatiques sur le territoire belge. Et en France, ce sont des graines de soja importées pour nourrir de la volaille bio qui ont révélé des taux bien trop élevés de mélamine en octobre 2008.

Le Canard enchaîné[2] se fait l'écho d'un autre scandale : les pignons de pin importés de Chine et du Pakistan sont mélangés avec des variétés non comestibles qui peuvent donner la dysgueusie (maladie peu grave qui donne un goût métallique dans la bouche pendant plusieurs jours à plusieurs semaines)

On peut citer également l'exemple du thé, autrement plus problématique. La Chine en est en effet le premier producteur mondial et l'exporte assez largement. *Bastamag*[3]

1. *L'Expansion*, 28 avril 2011.
2. 20 octobre 2010.
3. 20 avril 2012.

relate que « *Greenpeace a testé ces derniers mois 18 thés produits par 9 compagnies chinoises – choisies au hasard* ». Le test prouve que « *12 d'entre eux contiennent au moins un pesticide dont l'usage a été interdit pour la culture du thé, comme le méthomyl ou l'endosulfan* ».

L'endosulfan vient tout juste d'entrer sur la liste des « *persistants organiques polluants* » des Nations unies. Mais ce n'est pas tout : chaque échantillon contient également au minimum les traces de 3 pesticides différents – pour le pire d'entre eux, cela monte à 17.

Voici donc comment on pratique l'agriculture « durable » dans un pays où la législation est plus souple : les pesticides y sont employés tout à fait massivement, mettant en danger la santé des consommateurs (risques de rendre infertile ou de « *causer des altérations génétiques héréditaires* »), alors même que la production testée n'était pas du domaine de l'artisanal.

Ce sont bien les grandes firmes qui ont ce genre de pratiques, voire le pays tout entier, qui est le plus grand consommateur de pesticides au monde.

Un autre test, plus ancien, relayé par la RTS, affirme que des thés comme l'earl grey de chez Tetley, le thé vert sencha de Tekoe, le Gun Powder aussi bien chez Globus que chez Twinings, présentent des traces détectables de pesticides, mais ce n'est qu'un exemple.

Ici, on peut constater une chose : la préoccupation des autorités concernant l'empoisonnement des consommateurs tient plus de la mascarade que de l'intention réelle. La pression mise sur la Chine est largement insuffisante pour obtenir des résultats réels sur son mode de production. On peut même aller plus loin : certes, les pesticides sont inquiétants, mais moins que les perspectives qu'offre la Chine de pouvoir développer de « nouvelles technologies » en toute tranquillité, loin des objections soulevées par les environnementalistes dans l'opinion publique.

La Chine représente le nouveau paradis pour tous ceux qui veulent développer la transgenèse animale. Là où l'Europe freine des deux pieds, et où l'Amérique du Nord ne franchit pas toutes les barrières assez vite, l'immense puissance asiatique permet de mener études, expérimentations et tests à grande échelle sans aucune limitation.

Animaux mutants

Il semblerait que le gouvernement chinois ait mené un savant travail de communication pour faire accepter à sa population la perspective d'animaux mutants utilisés pour l'alimentation.

Toutes les espèces d'animaux d'élevage sont susceptibles d'être manipulées génétiquement que ce soit pour améliorer leur rendement (par exemple, le porc dont on manipule le taux de protéine du lait maternel pour augmenter la croissance des porcelets), pour lutter contre la pollution (on permet au porc de digérer le phosphore pour diminuer la toxicité de ses déchets), ou pour les prémunir contre les infections virales (des poulets immunisés contre H5N1).

Sur le papier, ces idées peuvent être séduisantes, mais, comme d'habitude, les précautions sanitaires envisagées sont minimes, limitées par les intérêts de l'industrie soumise à forte concurrence (le modèle chinois est d'ailleurs souvent utilisé dans le lobbying pour faire tomber les dernières barrières européennes en termes de protection), et on n'envisage pas du tout les conséquences à long terme de ce genre de transformations.

La science ressemble ici à du bricolage : toute « erreur » peut être rattrapée par une nouvelle manipulation, et ainsi de suite, ce qui rend cependant tout retour en arrière difficile.

C'est d'ailleurs la question de la production alimentaire à l'échelle d'une planète bientôt peuplée de neuf milliards d'habitants (projection pour 2050). Il sera dur, voire impossible, d'infléchir alors les choix pris aujourd'hui : les logiques macroéconomiques de production mises en place seront quasiment impossibles à désamorcer.

Les partisans des OGM savent qu'ils tiennent en Chine, tant que les conditions politiques du pays ne changent pas, leur terre d'accueil, qui leur offre un argument de poids – celui des faits – pour s'imposer maintenant. Ils savent que c'est ce qui compte (l'exemple de Monsanto est édifiant à ce sujet).

11

Colorants et additifs : trop beau pour être vrai

Nous allons parler ici des premières substances que l'on a commencé à introduire dans l'alimentation, assez tôt, au détour des années 1950, non pas pour le bien du consommateur, ou pour sa santé, mais pour mieux le convaincre d'acheter des produits.

Ainsi ont fait leur apparition les colorants pour modifier l'apparence d'un aliment, le rendre plus désirable ; ou bien les conservateurs, pour pouvoir le proposer à la vente plus longtemps ; ou encore des arômes pour en modifier le goût.

Il ne faut pas oublier que, si la DJA a été mise au point[1], c'est en premier lieu pour réguler les ambitions galopantes de l'industrie dans ce secteur.

Il en existe encore bien d'autres : acidifiants et correcteurs d'acidité, agents de change (pour augmenter le volume d'un aliment), émulsifiants, gélifiants et épaississants,

1. Voir introduction.

agents d'enrobage, stabilisants, enzymes, gaz d'emballage, etc. S'ajoutent à cela tous les produits utilisés pour fabriquer ou extraire ces différents additifs : les solvants dont on se sert peuvent par exemple être plus ou moins toxiques, et on en retrouve toujours des traces dans le produit définitif. N'oublions pas également les additifs utilisés dans l'alimentation animale : on en a déjà vu un exemple dans le chapitre consacré à la mondialisation.

On farcit l'alimentation des poules de colorants orange pour donner un aspect acceptable à leurs œufs ; de la même manière, on colore la chair des saumons d'élevage qui ne supporte pas la comparaison avec celle de leurs congénères sauvages – et ainsi, on découvre aussi un autre « secret » de l'agroalimentaire.

Les additifs sont souvent utilisés non seulement pour donner un meilleur aspect aux aliments, mais aussi simplement pour leur assurer d'être présentables. Il est probable que nous aurions de bien plus grandes répugnances à manger ce que l'élevage industriel nous présente si cela se faisait sous la vraie forme empruntée par ces aliments.

Ce n'est donc pas seulement une correction : c'est une pratique qui s'inscrit dans toute une philosophie de maquillage et de dissimulation (sans même revenir sur les autres produits autorisés pour l'élevage, comme les antibiotiques ou les hormones de croissance, moins visibles, mais autrement plus dangereux).

Incompréhensibles additifs

La législation européenne oblige les industriels à signaler tous les additifs qu'ils utilisent au cours de leurs processus de fabrication. Le classement n'est pas parfait et s'affine au fur et à mesure. Ainsi, en Europe, les additifs pour fixer les arômes à l'intérieur des aliments ont échappé au spectre de la réglementation jusqu'en 2003. Toutes ces substances entrent dans une classification générale. On les reconnaît par la lettre « E », qui unifie leur nomenclature, suivi d'un code à trois chiffres.

Tous les produits appartenant à la classe des E1 (E100, E151, E170, etc.) sont des colorants. Il y en a 56 qui sont actuellement autorisés par l'Union européenne.

Ceux dont le code commence par E2 (E202, E214, E235) sont des conservateurs. Cinquante-trois sont validés actuellement par l'Union.

Les antioxydants, au nombre de 19 autorisés, reçoivent le code E3, qui englobe également les lécithines, les lactates, les citrates, les tartrates, les orthophosphates, les malates et les adipates.

Les alginates inaugurent la classe des E4, dont font aussi parties les gommes, les diphosphates, les triphosphates, les dérivés cellulosiques, les dérivés d'acides gras alimentaires.

Les carbonates, chlorures, sulfates, hydroxydes, ferrocyanures, thiosulfate, phosphates, silicates, stéarates, gluconates constituent la classe des E5.

Les exhausteurs de goût forment la suivante, la classe des E6, les antibiotiques, la classe des E7 (ils ne sont que deux autorisés dans cette catégorie), tandis que les cires et hydrocarbures font la classe des E9.

Voilà ce que l'Europe s'attend à trouver à des degrés divers dans ses aliments. On voit, rien qu'à ce rapide tour d'horizon, que les additifs ne manquent pas de variété. Comme d'habitude, à de rares exceptions près, ou bien les produits sont considérés comme inoffensifs, ou bien une DJA couvre leur utilisation et préside au calcul de leur acceptabilité.

Au rayon des colorants, une certaine catégorie d'entre eux, la classe des azoïques, pose de nombreux problèmes. On la retrouve dans les jaunes : la tartrazine (E102), le jaune orange « S » (E110) ; dans les rouges : l'azorubine (E122), l'amarante (E123), le ponceau 4R, rouge cochenille A (E124), le rouge 2G (E128), le rouge « allura » AC (E129), la litholrubine BK (E180) ; dans les noirs : le noir brillant BN (E151) et le brun FK (E154), le brun HT (E155).

Tous ces colorants, obtenus par synthèse chimique, sont susceptibles de provoquer des allergies et suspectés de *« jouer un rôle dans le syndrome d'hyperactivité*[1] ». Ils peuvent *« contenir des résidus de substances cancérigènes (certaines amines aromatiques) »*.

Pour certains de ces colorants, le risque cancérigène direct n'est pas proprement écarté par l'IARC/CIRC (Centre international de recherche sur le cancer, rattaché à l'OMS) : on les retrouve pourtant dans de nombreux aliments, mais certains de ces colorants sont néanmoins interdits en Australie et aux États-Unis.

C'est également le cas du jaune de quinoléine (E104), colorant synthétique jaune qui peut, du fait de son processus de fabrication, montrer des traces de substances cancérigènes. Si on connaît pourtant la libéralité des États-Unis sur certains autres sujets, on ne peut pas vraiment les accuser de prendre des précautions inutiles dans le domaine alimentaire.

Toujours parmi les colorants, on peut citer le cas du bleu patenté V (E131), ou de l'indigotine (E132). Lors d'essais sur animaux, l'indigotine, absorbée en même temps que du nitrite de sodium (E250), *« pendant une durée assez*

1. Denil, Maria, et Paul Lannoye, *Guide des additifs alimentaires – Les précautions à prendre*, Éditions Frison-Roche, 2004.,

longue » et à des doses assez fortes, « *a entraîné des lésions chromosomiques* ». Selon certains auteurs, elle « *diminuerait l'efficacité des enzymes digestives et provoquerait occasionnellement des allergies* ». Il vaut donc mieux éviter de manger simultanément « *des charcuteries* », « *sucreries* » et « *liqueurs colorées à l'E132*[1] ».

Du caramel à l'ammoniac

On peut parler aussi du caramel ammoniacal (E150c), produit à partir d'ammoniaque, qui provoque lors d'essais sur animaux « *des crampes et une diminution du taux de globules blancs* », et qui est autorisé dans de nombreux produits. Il entre notamment dans la recette secrète du Coca-Cola et de son concurrent Pepsi.

Récemment, de nouveaux tests ont prouvé non seulement qu'il était cancérigène pour l'animal, mais qu'utilisé avec de l'ammoniaque ou des sulfites dans les colas, il provoquerait l'apparition d'une nouvelle substance qui serait très dangereuse, justement aux doses autorisées pour la consommation.

Le problème, soulevé par le Centre pour la science dans l'intérêt public (CSPI), a poussé à sa demande d'interdiction auprès de la FDA. L'État de Californie a quant à lui revu sa dose maximale conseillée à la baisse, à 29 mcg[2] par jour (une canette seule en contient entre 100 et 150 mcg), sous peine de devoir porter mention de la dangerosité éventuelle sur la canette[3].

1. ibid.
2. Microgrammes.
3. *Le Monde*, 12 mars 2012.

En Europe, l'EFSA n'a pas souhaité réviser sa DJA qui est de 250 mg par kilo (soit plusieurs dizaines de milliers de canettes), considérant que l'information dont elle disposait était suffisante pour garantir la santé des consommateurs. La CSPI souligne le caractère trompeur de la mention « colorant caramel » portée sur l'étiquette, qui ne laisse pas deviner que ce colorant n'a rien à voir avec du caramel ordinaire et est extrait avec de l'ammoniaque.

Enfin, pour en terminer avec les colorants, dans la pâtisserie et la confiserie, on autorise l'ajout d'aluminium (interdit en Australie), dont on suspecte le rôle néfaste dans l'apparition de la maladie d'Alzheimer, et d'argent, qui se dépose dans les tissus et est susceptible de provoquer des empoisonnements.

Dans la catégorie des conservateurs, les substances dangereuses sont également légion. À commencer par l'acide benzoïque (E210), qui, en plus de déclencher des réactions allergiques, peut avoir un effet sur la croissance en faisant diminuer le taux sanguin de glycine. Or, sa DJA est très facilement atteinte, notamment chez les enfants, puisqu'il est contenu dans une multitude de produits, comme les limonades.

On peut citer également l'exemple du dioxyde de soufre (E220), utilisé dans de nombreux aliments et pour la conservation du vin, dont on n'a pas réussi à établir l'innocuité en matière de risques cancérigènes et qui peut provoquer des maux de tête et des nausées. Dans le cas de certains vins moelleux, sa DJA est atteinte avec à peine deux verres.

Le biphényl (E230) est un cas à part. Il est appelé à disparaître de cette classification une fois la réglementation européenne complètement harmonisée, puisqu'en réalité c'est un pesticide : il est utilisé pour conserver les agrumes plus longtemps en tuant les champignons qui pourraient s'y développer. Normalement, il n'est pas consommé, car on épluche la plupart des agrumes, mais il existe un risque de contamination lors de cette procédure, le pesticide passant des doigts du consommateur à la chair du fruit pour être ingéré. Pour bien faire, il faudrait rincer les fruits avant de les éplucher.

L'orthophénylphénate de sodium (E232) provoque « *chez le rat, des cancers de la vessie et des lésions des reins* ». Il est classé parmi les substances à risque par l'IARC/CIRC.

La nisine (E234) et la natamycine (E235) sont en fait des antibiotiques utilisés pour éviter le développement de souches de bactéries dans certains fromages ou saucisses. Comme pour tous les autres antibiotiques utilisés systématiquement, il présente le redoutable défaut de faciliter l'apparition de résistances chez les bactéries. En accueillant sans aucun problème les pesticides et les antibiotiques (qui ont pourtant leur propre catégorie, la E7), on voit ce que la catégorie « conservateur » peut recouvrir comme types de substances.

Pour conclure sur les conservateurs, citons l'hexaméthylènetétramine (E239), qui sert au traitement du provolone et libère du formaldéhyde, allergisant, toxique, et sans doute cancérigène. Le dicarbonate de diméthyle (E242), qui sert de stérilisant lors de la mise en bouteilles de nombreuses boissons sans alcool, se dissout rapidement en libérant du méthanol, tout aussi toxique. Enfin, les nitrites (E249, E250, et les nitrates, E251, E252), autorisés dans la filière bio, qui « *réagissent facilement avec les amines présentes dans l'alimentation pour former des nitrosamines fortement toxiques et cancérigènes*[1] ».

1. Denil, Maria, et Paul Lannoye, op. cit.

Les autres catégories du classement ne sont pas exemptes de risques, même s'ils sont moins nombreux (les deux premières catégories réunissent la majorité des produits réglementés). Ainsi, le gallate de propyle (E310), d'octyle (E311), ou de dodécyle (E312), antioxydants obtenus par voie synthétique. Ils ont chacun leur défaut rédhibitoire : le premier peut changer la formule sanguine, le second, *« inhiber l'absorption du fer dans l'organisme »*, le dernier, entraîner des *« modifications pathologiques du foie »*. Pour les deux derniers, *« l'OMS a jugé qu'il n'était pas possible de fixer une DJA »*. Ces antioxydants sont pourtant utilisés dans de nombreux produits, comme les amuse-gueule, les chewing-gums, les aliments déshydratés.

Les émulsifiants allant de E491 à E495 provoquent des lésions organiques chez les animaux lors des tests en laboratoire, et leur DJA peut être atteinte très facilement en consommant des desserts ou des confiseries. Le polyéthylène glycol (E496), un support pour édulcorants, peut libérer du formaldéhyde.

Les sulfates d'aluminium (E520, E521, E522, E523) sont des affermissants synthétiques *« fabriqués à partir de déchets d'aluminium »*. Ils présentent le problème d'entraîner une diffusion d'aluminium dans l'organisme, et donc de contribuer éventuellement au développement de la maladie d'Alzheimer.

Les dangers du glutamate

Pour finir ce rapide tour d'horizon des substances potentiellement toxiques largement représentées dans notre alimentation, évoquons les cas de la saccharine et du glutamate. La première citée, numérotée E954, est un édulcorant qui a un pouvoir sucrant 300 à 500 fois supérieur au sucre ordinaire. Elle a provoqué des cancers de la vessie chez le rat au cours de tests en laboratoire, et gênerait également le processus normal de digestion. Les Américains, mais pas les autorités européennes, obligent à mentionner sa présence sur l'emballage des produits. Elle est présente dans de nombreuses boissons light, ce qui les rend particulièrement dangereuses[1].

Le second, le glutamate, ou acide glutamique, est l'un des 20 acides aminés naturels qui composent les protéines et, de ce fait, c'est un élément essentiel du métabolisme humain, notamment au niveau du cerveau, où il est un des neurotransmetteurs les plus importants du système nerveux central.

Le glutamate est un stimulateur, inhibé par le GABA. Si sa concentration est trop importante, que l'équilibre entre les deux neurotransmetteurs est rompu, alors, les neurones peuvent être surstimulés, ce qui finit par mener à leur apoptose (c'est-à-dire à leur mort). À l'échelle de l'individu, il peut provoquer des crises d'épilepsie et une forte neurotoxicité. Dans l'alimentation, le glutamate est déjà présent sous plusieurs formes : liés dans des protéines, ou à l'état isolé.

Dans le premier cas, il n'a pas de propriétés particulières, mais, dans le second, il a un goût tout à fait marqué, différent des quatre saveurs principales (sucré, salé, acide, amer). Il est présent à l'état naturel dans certains fromages (comme le parmesan) et dans la sauce de soja.

L'industrie agroalimentaire le synthétise également et l'utilise comme exhausteur de goût (c'est le E621), pour ses

1. Voir le chapitre 13.

propriétés uniques, et parce qu'il coûte beaucoup moins cher que les autres arômes naturels. La nourriture que nous ingérons est donc extrêmement riche en glutamate, qui fait son apparition dans de nombreux plats cuisinés, dans les biscuits apéritifs, etc., d'autant plus qu'il n'existe pas de réglementation pour limiter son usage (puisqu'on considère qu'il est largement présent dans les aliments naturels).

Le Canard enchaîné du 8 février 2006 fait état d'une étude de la faculté de médecine de Madrid qui montre que le *« E621 augmente la sensation de faim de 40 % chez les rats. Le glutamate agit en fait directement sur les neurones et dézingue les mécanismes qui contrôlent l'appétit »*. Les chercheurs pensent que le glutamate, utilisé à des doses extrêmement massives, pourrait *« jouer un rôle dans l'épidémie d'obésité »* qui flambe partout dans le monde.

On retrouve le glutamate sous d'autres formes : ainsi, l'extrait de levure, largement utilisé par l'industrie, en contient lui aussi, augmentant ainsi notre exposition à cet acide aminé. D'ailleurs, l'industrie a recours à d'autres pratiques limites comme l'emploi des arômes naturels. Elle les fabrique à partir de moisissure (qu'elle fait proliférer dans ce but), mais, comme la moisissure est un organisme « naturel », cela permet de classifier ces arômes comme s'ils étaient extraits des plantes qui les présentent à l'état naturel.

Sucre et huile de palme

L'un des autres additifs, dont nous n'avons pas encore parlé, parce que son utilisation n'est pas toxique en soi, est le sucre. Il est largement employé en raison de son coût de production modique. Certains desserts lactés remplacent par exemple une partie du lait qu'ils contiennent par du sucre, qui est beaucoup moins cher que le lait.

Ce recours systématique au sucre est extrêmement dangereux, parce que le sucre est responsable en grande partie et très directement de l'obésité à l'échelle mondiale. Largement consommé, sans qu'une activité équivalente soit déployée pour le brûler, il est stocké sous forme de graisses dans le corps.

De plus, le sucre crée une véritable accoutumance, de laquelle il est difficile de se libérer. Des chercheurs du CNRS de Bordeaux ont mené une expérience étonnante avec des rats, qui ont été habitués à consommer de la cocaïne et du sucre à haute dose, et se voient ensuite proposer les deux substances en même temps. À 94 %, ils choisissent le sucre plutôt que la drogue réputée très addictive[1].

Dans le même article, on apprend que des chercheurs de Princeton ont eu recours à un protocole différent, mais tout aussi révélateur : des rats d'abord gavés de sucre, puis brutalement sevrés, présentaient un syndrome de sevrage, comme dans le cas d'une drogue dure. Et c'est pour « régler », mais pas nécessairement dans le bon sens du terme, ce problème d'obésité due au sucre que l'industrie a présenté sa merveilleuse découverte : l'aspartame, qui fera l'objet du chapitre suivant.

Et quand ce n'est pas directement le sucre qui pose problème, c'est l'huile. En l'occurrence l'huile de palme, largement utilisée, à l'état pur, pour le Nutella, crème à tartiner très populaire qui en contient plus de 30 %[2].

C'est cette huile qui lui donne son onctuosité dont raffolent nos enfants. Or elle est responsable de l'apparition

1. *Le Canard enchaîné*, 10 août 2011.
2. *Owni*, 2 février 2012.

de dysfonctionnements cardiovasculaires. Pour certains enfants, qui en consomment plus que de raison, cette pâte produite par le groupe Ferrero peut très facilement provoquer l'obésité. Il faut préciser en outre que l'huile de palme est particulièrement riche en acides gras saturés, les pires pour ce qui est de la constitution du cholestérol, dont on connaît les effets délétères sur nos artères.

Au rayon des additifs alimentaires, on retrouve également les nanoparticules : détail effrayant, la législation étant inexistante pour le moment sur le sujet, la signalisation de ces nanoparticules n'est pas obligatoire. Par conséquent, elle n'est donc bien sûr pas pratiquée.

Comme le rapporte *Le Canard enchaîné* dans son numéro du 13 janvier 2010, les nanoparticules sont déjà utilisées *« pour allonger la durée de vie des tablettes de chocolat, stabiliser les couleurs des saucisses industrielles, blanchir les sauces, rendre plus onctueuse la mayonnaise, éradiquer les grumeaux, renforcer les arômes, en inventer de nouveaux… »* Et le journal de signaler ensuite que Kraft Foods, le numéro deux mondial du secteur, a créé un groupe de recherche sur le sujet fort d'une quinzaine d'établissements universitaires et d'instituts.

Pour conclure ce chapitre en forme d'inventaire forcément rapide de toutes les menaces plus ou moins dissimulées qui se cachent sous le vocable d'« additif », nous allons parler d'une substance qui répond à ce critère, même si elle n'intervient qu'indirectement comme ajout dans l'alimentation : il s'agit du bisphénol A. Ce n'est pas une molécule utilisée dans la nourriture, mais dans les emballages.

Cependant, on en retrouve la trace dans les aliments en raison de transferts depuis le plastique. Employé pour tapisser l'intérieur de boîtes de conserve, de canettes, de biberons, il est un perturbateur endocrinien œstrogénomimétique, c'est-à-dire qu'il remplit le même rôle que les œstrogènes, les hormones féminines.

Son effet a été découvert par hasard en 1987 par un groupe de scientifiques américains menés par la professeure Ana Soto, qui travaillait sur les œstrogènes, et mit longtemps à comprendre d'où venaient les fortes perturbations dans les résultats de leurs tests : il s'agissait en fait d'un changement de formule (incluant du bisphénol A) du plastique des tubes à essai qu'elle et son équipe utilisaient. À la même époque, la notion de perturbateur endocrinien a commencé à voir le jour grâce au Pr Theo Colborn : il s'agit de substances produites par la main de l'homme venant parasiter le fonctionnement normal de notre système endocrinien, qui préside au développement et à l'équilibre de notre corps.

Même si le bisphénol A a un effet relativement moindre que les œstrogènes sécrétés par le corps, sa large dissémination et sa résistance à la dégradation en font un problème de plus en plus préoccupant. Produit à hauteur de plusieurs millions de tonnes par an, il est largement présent dans l'environnement, ainsi que dans l'organisme des humains et de nombreux êtres vivants, notamment de la faune marine, qui y sont très sensibles et pour lequel il est particulièrement toxique.

Chez l'homme – et particulièrement chez l'enfant –, il pourrait avoir de graves conséquences sur le développement, éventuellement provoquer des cancers du sein et de la prostate, le diabète et l'obésité, atteindre les capacités de reproduction, etc.[1] ; le problème est que ce bisphénol A se dépose dans l'organisme et est éliminé très lentement.

1. Robin, Marie-Monique, *Notre poison quotidien*, op.cit.

La FDA a reconnu « *des effets potentiels sur le cerveau et la prostate des bébés et des fœtus*[1] ».

Au Canada, les biberons contenant du bisphénol A ont été interdits, tandis qu'en France, l'Afssa tergiverse. Les différentes agences ont cependant encouragé les industriels à trouver des solutions de rechange. Gageons qu'avec une pression aussi intense, ils n'auront comme seul empressement que de se plier à ces demandes.

1. Dépêche AFP, 5 février 2010.

12

Le cas de l'aspartame

Pour bien comprendre comment ont pu fonctionner la mise sur le marché et les conditions d'exploitation de ces différents produits, il est temps de nous pencher sur une de ces substances dont le parcours officiel est assez bien connu aujourd'hui.

Si son utilisation fait débat, elle est cependant de consommation extrêmement courante et compte d'ardents défenseurs dans la sphère publique, même si les choses sont actuellement en train d'évoluer. Nous parlons évidemment de l'aspartame. Cette substance ô combien polémique s'est largement imposée au fil des années 1980 pour désormais être présente dans 6000 produits de consommation courante, tels que les boissons gazeuses, les yaourts, chewing-gums, médicaments et, en règle générale tous les produits light, ou « zéro pour cent ».

L'aspartame a été présenté pendant des années comme la solution, le remède miracle pour obtenir un goût sucré dans les aliments sans l'apport calorique associé.

On pouvait ainsi « se faire plaisir » en continuant à manger ou à boire comme avant les aliments qu'on adorait, sans pour autant grossir.

En fait, comme nous allons y revenir, l'aspartame s'insère dans la problématique plus générale de la consommation de sucre, qui est un véritable fléau pour la santé publique.

L'aspartame porte dans la classification européenne le numéro E951. En quoi consiste cette molécule ? Ses défenseurs arguent qu'on la trouve déjà dans la nourriture courante. Elle est présente par exemple dans la viande. L'aspartame est la combinaison de deux acides aminés naturels, l'acide aspartique, et la phénylalanine. Les acides aminés naturels sont au nombre de 20 et, ensemble, ils forment toutes les protéines possibles. Certes, l'aspartame se trouve bien dans la nourriture que nous ingérons, mais sous forme de chaîne protéinée. Il n'est donc absolument pas métabolisé comme c'est le cas quand il est isolé chimiquement et utilisé comme édulcorant (son pouvoir sucrant étant 200 fois supérieur à celui du saccharose).

Histoire d'une molécule

La molécule et ses propriétés ont été découvertes complètement par hasard par un chimiste du groupe Searle en 1955. Il menait des recherches sur un tout autre sujet, mais l'aspartame l'interpelle en raison de son pouvoir sucrant.

Searle est une vieille compagnie, qui a vu le jour avant le début du XXe siècle à Omaha, dans le Nebraska. L'entreprise s'occupait au départ d'imagerie médicale et de pharmaceutique. Elle développe le produit et le présente une première fois à la FDA (Food and Drug Administration) pour obtenir le droit de le commercialiser sous le nom de *NutraSweet.* Et c'est là que son parcours devient rocambolesque, une véritable comédie qui a fait scandale à l'époque, mais est restée largement ignorée en Europe et a fini par être oubliée au fur et à mesure que le temps passait… jusqu'à très récemment.

En 1977, la FDA refuse l'autorisation de mise sur le marché de l'aspartame à Searle. John Olney, un chercheur en neurologie, sait dès 1971 que l'aspartame provoque une augmentation des cancers du cerveau chez la souris.

Signalons dès à présent que ces études n'ont jamais reçu de réfutation claire.

Olney prévient la FDA, qui ouvre alors deux enquêtes en raison des nombreuses irrégularités qu'elle a découvertes dans la procédure scientifique employée pour mesurer la toxicité de l'aspartame sur les organismes vivants. Une nouvelle fois, ce sont les études soumises par le fabricant qui servent d'étalon pour mesurer la dangerosité éventuelle du produit.

Les rapports internes de la FDA en 1977 sont sans appel : les études présentées par Searle sont au mieux complètement fantaisistes. Ainsi, comme le rapporte Marie-Monique Robin dans *Notre poison quotidien*, les animaux de laboratoire sont mal identifiés, manipulés sans qu'un protocole ait été clairement établi, si bien qu'on se retrouve par exemple avec un individu *« vivant pendant la semaine 88, mort de la semaine 92 à la semaine 104, vivant pendant la semaine 108, puis mort lors de la semaine 112 ».*

Ce genre d'erreur serait suffisant à lui seul aujourd'hui pour invalider totalement une expérimentation de ce type. Mais l'harmonisation en la matière ne surviendra que quelques années plus tard, dans le courant de la décennie suivante. D'autre part, il semblerait qu'on laisse nettement plus de marges d'erreur aux études menées par l'industrie qu'à celles menées par les laboratoires indépendants (nous y reviendrons bientôt).

Mais la FDA ne s'arrête pas là : elle *« institue une commission d'enquête publique qui rend son rapport le 30 septembre 1980 : la commission conclut que l'utilisation de l'aspartame dans les aliments ne doit pas être autorisée tant que la question de son éventuel potentiel cancérigène n'a pas été résolue par de nouvelles études »*.

Mais alors, comment s'explique le brusque revirement qui va faire que la FDA va finalement donner l'autorisation de commercialisation à l'aspartame en 1981, à la DJA de 50 mg/kg, à peine quatre ans plus tard ? La firme Searle aurait-elle fait amende honorable ? Les « nouvelles études » ont-elles été faites ?

Quand la politique s'en mêle

Eh bien, pas du tout. Les choses ont suivi un autre cours, plus « politique ». En effet, de 1976 à 1980, c'est un jeune espoir du Parti républicain, Donald Rumsfeld, qui est nommé à la tête du groupe Searle, jusqu'au moment où Ronald Reagan est élu à la Maison-Blanche. C'est ensuite le sénateur Howard Metzenbaum, membre de la commission d'enquête évaluant à nouveau le danger en 1987, qui souligne les points les plus troublants pendant les années 1979 à 1982 : *« Quatre membres de la FDA ayant participé à l'homologation du produit ont été recrutés par l'industrie de l'aspartame. Pape, commissaire de la FDA,*

Shuwan Gardner, Howard Colby, chef adjoint en toxicologie de la FDA, et Michael Taylor, avocat de la FDA devant la commission d'enquête. »

Quatre hommes à des postes-clés de l'édifice de l'institution publique chargée de statuer sur le sort de la molécule ont pu faire une carrière merveilleuse dans le privé juste après l'homologation de l'aspartame.

La famille Searle, qui avait soutenu Rumsfeld tout au long de sa carrière politique, lui offre la tête de l'entreprise pendant la période où les républicains n'ont plus le pouvoir (1976-1980). Rumsfeld rejoint ensuite l'équipe présidentielle de Reagan en 1980.

C'est lui qui décide de la nomination du directeur de la FDA, Arthur Hull Hayes, qui décrète, contre l'avis du comité scientifique, l'aspartame bon pour la commercialisation en janvier 1981 (soit tout juste après l'élection de Reagan à la fin de l'année précédente).

On peut lire ici l'esquisse d'un renvoi d'ascenseur. En tout cas, en l'absence de toute nouvelle étude sur le sujet, il paraît difficile de justifier autrement que par une collusion coupable entre pouvoir et industrie l'homologation du produit, d'autant que la DJA, fixée à 50 mg/kg, semble sortir de nulle part.

En Europe, les instances de contrôle suivent exactement le même chemin : fortement opposées à l'aspartame jusqu'en 1981, elles opèrent un brusque revirement à cette date, suivant en cela l'exemple de la FDA. Les études qui permettent dans un cas de refuser l'aspartame et, dans l'autre, d'autoriser sa mise sur le marché, sont strictement les mêmes. Si des doutes exprimés dans un premier temps n'ont pas été levés par de nouvelles données, il est très surprenant que les scientifiques et les responsables concernés changent d'avis jusqu'à inverser leur décision initiale.

C'est pourtant ce qui se passe, et la firme Searle, rachetée en 1985 par Monsanto – la fameuse ! –, se retranche derrière les autorisations officielles, elles-mêmes ne reposant sur rien, pour alléguer de la sûreté de son produit. Elle se targue même d'avoir soulevé un plébiscite international, obtenu par des sources croisées et indépendantes (dont on attend toujours l'apparition).

Les oppositions ne manquent cependant pas de continuer à s'exprimer dans le courant des années qui suivent. Le neurologue John Olney persiste et signe : avec d'autres scientifiques, il a analysé les statistiques médicales à la suite de la sortie de l'aspartame et il est formel : selon lui, il y a eu une recrudescence de cancers au cerveau dans la population dès la troisième année après la commercialisation de l'aspartame.

Les plaintes s'accumulent auprès des autorités sanitaires. Un certain nombre d'effets secondaires indésirables seraient dus à l'aspartame : maux de tête, vertiges, vision brouillée, versatilité, dépression, fatigue, pertes de mémoire, douleurs articulaires, crampes, crises d'épilepsie, vomissements, et perturbation des menstruations.

Si l'Administration prétend que ces allégations sont farfelues, l'armée prévient ses pilotes des risques potentiels (notamment les maux de tête et les troubles de la vue) qui ont été identifiés. Le Dr Ralph Walton, dont le témoignage est rapporté dans *Notre poison quotidien*, souligne que 164 études ont été menées sur l'aspartame (en 1996). Sur ces 164 études, 74 ont été réalisées avec des fonds de l'industrie de l'aspartame, et elles concluaient toutes à l'innocuité de l'édulcorant.

On retrouve ici l'un des moyens détournés utilisés par le système industriel dans les systèmes de contrôle et de sécurité alimentaires : même s'ils ne font pas directement pression sur les scientifiques qui mènent ces études – ce que rien ne garantit, et c'est bien ça le problème –, les industriels payent la note et veulent obtenir un résultat précis : la mise sur le marché, le plus vite possible et avec le moins de complications possible de leur produit, quel qu'il soit. Il y a donc au moins une pression passive sur tout le processus.

D'autre part, il semblerait que le but premier de l'aspartame, celui de faire baisser la consommation de sucre, ne soit lui-même pas du tout atteint : en effet, la sensation sucrée qu'il procure aurait comme effet, selon le chercheur en neurologie Richard Wurtman, de mettre en action toute une chaîne de réactions à l'échelle du système digestif, notamment au niveau du pancréas, provoquant une crise au cours de laquelle le corps demanderait plus de sucre.

Aspartame et cancers

Une étude poussée de l'*American Cancer Society* a démontré par exemple que des femmes qui consommaient des édulcorants à base d'aspartame avaient tendance à prendre plus de poids que celles qui n'en prenaient pas, ce qui rendrait ainsi son utilisation parfaitement caduque. Augmentant la fréquence des hypoglycémies et leurs conséquences fâcheuses pour la santé, l'aspartame provoquerait d'ailleurs un contrôle nettement plus difficile de la glycémie pour les diabétiques. On a vu aussi des gens recevoir à tort un diagnostic positif à la sclérose en plaques, parce que les médecins concernés ignoraient que l'aspartame consommé régulièrement pouvait provoquer l'apparition de signes approchants.

En 2005, une nouvelle étude sérieuse, proposée par un laboratoire indépendant, fait scandale. La Fondation européenne Ramazzini, spécialisée dans la cancérologie environnementale, a mené deux études sur des rats auxquels on a donné de l'aspartame. L'étude a montré *« une augmentation significative des lymphomes et leucémies chez les femelles*[1] ».

La deuxième étude, menée sur plusieurs générations de rats, a souligné l'augmentation des cancers des glandes mammaires. Les deux études ont été rejetées par les organismes de régulation internationaux, parce que les scientifiques de la Fondation laissaient mourir naturellement les rats qui présentaient des pathologies annexes en vieillissant.

Il n'en fallait pas plus pour invalider ces études pour la FDA et l'EFSA, son équivalent européen (on a pu entendre aussi que les souches de rats choisis étaient génétiquement faibles). Qu'on se rappelle maintenant les vices de procédure des premières études présentées par Searle, autrement plus embêtants, et on comprendra qu'il y a bien deux poids deux mesures dans la considération du problème sanitaire présentée par cette substance.

Marie-Monique Robin, dans son film *Notre poison quotidien*, remarque également à juste titre que la commission chargée à l'EFSA de contrôler le bien-fondé de l'utilisation d'additifs alimentaires est constituée de scientifiques qui sont pour la plupart dans une situation de conflit d'intérêts, notamment parce qu'ils entretiennent des liens avec l'industrie (une directive récente obligeant ces scientifiques à déclarer ces conflits, on remarque que certains comptent parmi leurs employeurs des fabricants d'aspartame).

1. Robin, Marie-Monique, *Notre poison quotidien*, op. cit.

Après que Mme Robin eut souligné auprès de l'EFSA que Dominique Parent-Massin travaillait pour l'un des plus gros fabricants mondiaux d'aspartame, sa déclaration a disparu du site Internet de l'EFSA. Cette même Dominique Parent-Massin a par ailleurs présidé l'Afssa (désormais Anses), c'est-à-dire l'Agence française de sécurité sanitaire des aliments.

L'EFSA s'arrange très bien de ce mélange des genres, signalant que les scientifiques concernés se désistent dans le cadre des commissions qui concernent un produit s'ils ont des conflits d'intérêts à son propos. Bien sûr, les différents membres de ces commissions ne s'adressent pas la parole et ne s'influencent pas en dehors des réunions spécifiques.

D'autres conflits d'intérêts sans rapport avec l'aspartame ont été dénoncés : le 8 mai 2012, la présidente de l'EFSA, Diana Banati, démissionnait pour prendre le poste de présidente de l'ILSI, l'International Life Sciences Institute, une structure au nom innocent qui cache le plus gros lobby mondial de l'agroalimentaire (au début des années 1980, son président était l'un des vice-présidents de Coca-Cola).

La présidente quitte donc un poste dans une administration de régulation publique pour prendre des responsabilités dans le lobby qui a justement pour mission et intérêt d'influencer cette administration (ce qui n'est pas sans rappeler la situation des membres de la FDA aux États-Unis dans les années 1980). Mais ce n'est pas tout : la démission a en fait été encouragée pour éviter un scandale public plus important.

En réalité, Mme Banati travaillait pour l'ILSI dès sa prise de fonction comme présidente de l'EFSA et avait démissionné de son poste dans ce lobby en 2010 pour se faire réélire à sa charge, mettant ainsi un terme formel à ses liens avec l'industrie[1].

Les comptes de l'EFSA n'ont d'ailleurs pas été validés par le Parlement européen, qui juge ses frais de fonctionnement beaucoup trop élevés et s'indigne de la manœuvre de Diana Banati, même si son comportement n'a rien d'illégal. Elle n'est pourtant pas la seule : outre Dominique Parent-Massin, dont nous avons déjà parlé, on peut citer Fernando Aguilar, qui déclare avoir un proche employé chez Nestlé depuis 2008 ; John Gilbert est président de Food Life International et a fait partie de l'ILSI de 1995 à 2009 ; Jürgen König en a, lui, fait partie de 2010 à 2011 et participe au *Danone Nutrition Forum ;* Christian Larsen et Jean-Charles Leblanc ont été en relation avec l'ILSI pendant plusieurs années ; Paul Tobback a quant à lui fait partie de la Federation of Belgian Food Industries (un lobby belge).

Un danger pour les femmes enceintes

Ces derniers temps, malgré le consensus institutionnel concernant son innocuité, l'aspartame a refait parler de lui. En mars 2012, *« des scientifiques, des pédiatres, et des gynécologues*[2] » écrivent une lettre au ministre de la Santé de l'époque (Xavier Bertrand), pour lui demander *« d'alerter les femmes enceintes sur le risque d'accoucher prématurément si elles consomment de l'aspartame »*.

Une étude, menée par Thorhallur Halldorsson, publiée en 2010 dans l'*American Journal of Clinical Nutrition*, a

1. *Owni*, 6 juin 2012.
2. *Le Monde*, 9 mars 2012.

montré « *que la consommation d'au moins une boisson gazeuse contenant un édulcorant par jour augmentait le risque d'une naissance avant terme de 27 %, 35 % si l'on en boit deux ou trois, 78 % quand c'est plus de quatre. L'impact est moindre quand les boissons sont non gazeuses, l'augmentation du risque allant de 11 à 29 %* ».

Les chiffres sont assez élevés, pour une boisson dont l'innocuité était jusque-là non contestée par les autorités. La Commission européenne a demandé très récemment à l'EFSA d'anticiper sur le processus de réévaluation de la substance prévu dans les mois à venir.

Il faut dire que la question des études ayant présidé à la mise sur le marché de l'aspartame n'avait toujours pas été réglée (on se base toujours sur des recherches vieilles de plusieurs décennies), et avec elle la fixation de la DJA, qui doit être actualisée de temps à autre.

Mais comment actualiser une DJA dont le calcul a été si largement livré au hasard ? Le Réseau Environnement Santé a demandé à consulter les études effectuées par Searle dans les années 1970 puisque deux d'entre elles n'avaient pas été publiées dans des revues scientifiques. Mais la nouvelle agence sanitaire, l'Anses, a répondu : « *Plusieurs études citées dans l'évaluation de l'aspartame par les agences de sécurité sanitaire sont anciennes, et l'Anses n'en dispose pas*[1]. » Et l'EFSA d'ajouter dans la foulée : « *L'EFSA ne dispose pas du dossier de demande d'autorisation de l'aspartame en Europe qui devait contenir ces études.* »

Le dossier avait tout simplement disparu. Cela paraît hallucinant ; en définitive, c'est ce qui a déclenché l'accélération de la procédure demandée par les autorités. Accepter

1. *Le Point*, 15 septembre 2011.

la commercialisation d'un produit sans pouvoir se rappeler ni justifier pourquoi devient un problème délicat.

On voit donc que la question reste entière. Elle le reste d'autant plus que le problème posé par l'aspartame n'a jamais été résolu. Au contraire, cette substance a fait croire à un grand nombre de consommateurs qu'une alternative au sucre existait. Or la consommation de sucre, comme on l'a vu, n'est pas ralentie par l'aspartame ; elle ne fait qu'en accroître le désir.

Force est de constater qu'on n'a pas du tout agi sur l'addiction au sucre, qui est un réel problème[1]. À la vérité, on n'a que creusé chez le consommateur l'appel du « goût sucré ».

On sait que l'obésité est une réalité endémique grave, de même que les diabètes induits, qui commencent à toucher une proportion croissante de la population, par exemple un tiers de celle des États-Unis, un quart de celle du Mexique ou de la Grande-Bretagne (ils sont un peu moins de 10 % en France) en grande partie à cause de la surconsommation de sucre.

L'industrie de l'agroalimentaire se moque bien de ces conséquences néfastes et a longtemps fait la promotion de ses boissons sans sucre (mais aussi sans effets réels).

Cela n'a pas empêché les grandes marques de l'alimentation de préparer l'avenir, c'est-à-dire la transition post-aspartame, au cas où il se ferait recaler lors d'une future analyse. Monsanto a arrêté sa fabrication, tout comme la plupart des grands groupes, pour la sous-traiter en Chine – qui produit maintenant 90 % de l'aspartame mondial.

La transition, elle, viendra certainement d'une plante d'origine sud-américaine, la stevia, qui a un pouvoir

1. Voir le chapitre 12.

sucrant 300 fois supérieur au saccharose (on en revient donc toujours à la stratégie du tout sucre). Pendant longtemps interdite aux États-Unis et en Europe, malgré l'absence d'effets prouvés sur la santé (et son utilisation millénaire), la stevia a finalement été autorisée par la FDA en raison de la pression de The Coca-Cola Company et PepsiCo.

C'est encore quand les intérêts de l'industrie sont en jeu que les démarches se retrouvent facilitées.

13

Des compléments alimentaires dont on pourrait se passer

Si, comme on l'a vu, les additifs alimentaires ajoutés dans notre alimentation sans qu'on en soit conscient peuvent jouer un rôle important et grandissant dans nos problèmes de santé à venir, l'industrie a une réponse toute prête en la matière : cherchant à occuper tous les terrains, elle entend également fournir au consommateur la nourriture pour le soigner ou pour améliorer sa condition physique. Ainsi, les grands groupes promettent maintenant sur leurs emballages monts et merveilles en fabriquant notamment des « alicaments ».

Les alicaments, qu'est-ce que c'est ? Le mot découle de la fusion entre aliment et médicament, et entend ainsi ancrer dans l'esprit de celui qui l'utilise l'idée qu'il fait du bien à son organisme en utilisant ces produits rattachés à la grande classe des compléments alimentaires.

Si les compléments alimentaires peuvent effectivement être utiles pour certaines personnes dont le régime diététique est par trop déséquilibré ou manque des apports quotidiens en vitamines et en minéraux, il ne s'agit pas ici de veiller à la santé des gens, mais avant tout de faire du business. Comme d'habitude, le principal bienfait à en attendre ne dépasse pas celui d'effet d'annonce, et le secteur a longtemps bénéficié d'une large tolérance vis-à-vis des instances de contrôle, la réglementation en la matière étant toujours en négociation après des années d'audits. Jusqu'à maintenant elle s'est appliquée a posteriori, sur des produits qui étaient déjà lancés sur le marché. Autrement dit, c'était une nouvelle fois les consommateurs qui servaient de cobayes, quitte à découvrir des effets négatifs une fois qu'il serait trop tard.

L'UFC Que Choisir souligne régulièrement que les allégations de l'industrie concernant les effets positifs des produits qu'elle met en vente n'engagent à rien, puisqu'il n'y a pas de contrôle sur leur efficacité. Qu'on prenne simplement quelques exemples : les yaourts Essensis de Danone, censés hydrater la peau, n'ont, d'après les tests effectués par l'association, aucun effet réel en la matière. D'autres alicaments ne rempliraient pas nécessairement la mission qu'on leur assigne – comme celle de renforcer les défenses naturelles de notre corps –, mais ils pourraient en outre s'avérer toxiques ou dangereux lorsqu'ils sont consommés à forte dose.

Il est vrai que l'argumentaire publicitaire n'insiste pas nécessairement sur les limites d'une telle consommation : étant donné que c'est « bon pour la santé », ça peut bien sûr se consommer sans aucune modération. Ainsi, on apprend que les vitamines, premier complément présenté régulièrement comme forcément bénéfique pour la santé, pourraient, à forte dose – c'est-à-dire consommées sans discernement – s'avérer particulièrement toxiques, et même augmenter les risques de mort prématurée.

Le *Guardian*[1] cite une étude qui prouve que les vitamines A, E et le bêta carotène sont susceptibles d'augmenter la mortalité de leur utilisateur, ou les risques de développer un cancer du poumon ou de la prostate, sans compter la vitamine C qui peut, surutilisée, déclencher des insuffisances rénales.

Toutes ces vitamines sont classées comme antioxydants (souvenez-vous des campagnes de publicité qui tendaient à démontrer qu'ils étaient la panacée pour vivre plus longtemps). En réalité, en limitant l'absorption d'autres substances vitales pour le corps, ils pourraient annuler une partie du bénéfice lié au fait de manger des fruits et légumes. Le bêta carotène, longtemps utilisé pour prévenir le cancer, pourrait en réalité augmenter les risques de déclencher celui du poumon pour les consommateurs de tabac.

Le risque des excès

La solution des vitamines en capsules, présentée pendant des années comme l'avenir de la nutrition, a été déniée par les faits : il nous faut de vrais aliments. De la même manière, le recours systématique à des oligoéléments en complément de l'alimentation des femmes âgées peut s'avérer plus nocif qu'autre chose : les *Archives of Internal Medecine* affirment que cette pratique pourrait avoir des conséquences à long terme sur la santé de ces personnes, dont beaucoup sont encore mal cernées, mais qui seraient associées à une dégradation générale de l'état de santé et à une augmentation du taux de mortalité.

1. 16 avril 2008.

On a ainsi prouvé qu'un excès dans la prise de fer peut se solder par des dégâts sur le foie. En 2009, l'Afssa finit par installer un dispositif de vigilance concernant ces suppléments et demande aux professionnels de santé d'informer leurs patients sur les éventuels effets nocifs qu'ils peuvent présenter, mais se garde de l'indiquer au niveau national.

Il faut dire que le marché des compléments représente un milliard d'euros par an (il représente plusieurs dizaines de milliards d'euros à l'échelle de la planète), une croissance annuelle de 10 à 20 %, et qu'*« un adulte sur cinq et un enfant sur dix utilisent des compléments alimentaires au moins une fois par an*[1] », quand les deux tiers de ces consommateurs en prennent pendant plusieurs mois, 23 % durant toute l'année.

La mise en place de ce dispositif faisait suite à la publication d'une étude de la Direction générale de la concurrence, de la consommation et de la répression des fraudes (DGCCRF) selon laquelle *« 12,5 % des produits présentaient des anomalies, principalement liées à des pratiques commerciales trompeuses (publicité mensongère sur les bienfaits du produit et autres fausses promotions) ou à des problèmes d'étiquetage »*. Et le directeur de l'Afssa était obligé d'admettre que des *« accidents aigus graves »* avaient été enregistrés, sans affirmer cependant que les compléments alimentaires en étaient à l'origine.

Au moment même où était mis en place ce dispositif (septembre 2009), la revue scientifique *Nature* se faisait l'écho d'une alerte lancée par le Pr Didier Raoult, directeur du service de virologie de l'hôpital de la Timone à Marseille, selon lequel *« les yaourts et autres boissons lactées farcis aux probiotiques que l'on nous fait avaler depuis près*

1. *L'Express*, 30 octobre 2009.

de 20 ans auraient leur part de responsabilité dans l'épidémie d'obésité qui frappe les enfants[1] ».

Publicités trompeuses

Les probiotiques sont présents dans de nombreux alicaments : le produit star de cette catégorie étant Actimel de Danone. Il représente, avec Activia, 25 % du chiffre d'affaires mondial de vente de produits laitiers de la marque et a plusieurs fois fait débat quant à la forme que prenait sa promotion. Enrichi d'une bactérie appelée *Lactobacillus casei*, à hauteur de 10 milliards par dose de 100 ml, ce produit est censé « *renforcer les défenses naturelles du corps* ».

Aux États-Unis, un recours collectif visant à démontrer que cette allégation était sans fondement a vu la marque Danone transiger, accepter de verser 35 millions de dollars aux plaignants et de modifier l'emballage du produit en conséquence.

En Europe, Danone a retiré sa demande d'homologation par l'EFSA – au cours du processus qui doit justement engager la réforme de la commercialisation des alicaments – alors même que la commission allait rendre son avis. Raison évoquée : « *manque de lisibilité* » concernant les critères de jugement de l'EFSA.

Les propos tenus par Didier Raoult ont dû également peser dans la décision de la marque : il a souligné qu'une étude a montré que la flore intestinale des enfants obèses était colonisée par les probiotiques, là où les non-obèses n'en avaient presque pas. Et de déclarer : « *On a autorisé*

1. *Le Canard enchaîné*, 30 novembre 2011.

pour l'alimentation humaine des activateurs de croissance utilisés dans les élevages, sans chercher à savoir quels seraient les effets sur les enfants[1]. »

Une autre étude, publiée par *Lancet* en 2008, a montré que les probiotiques aggravaient fortement les risques de mortalité en cas de pancréatite aiguë (qui peut être d'origine héréditaire, ou découler de la consommation régulière d'alcool).

Entre danger éventuel pour la santé et procédés commerciaux abusifs, les compléments alimentaires semblent échapper à tout contrôle. D'autant qu'ils ne se privent pas d'avoir recours à une des innovations inquiétantes dont nous avons plusieurs fois croisé la route : les nanoparticules.

Elles sont utilisées dans les compléments et les produits vitaminés, principalement aux États-Unis, où elles soulèvent l'inquiétude des consommateurs. En France, en raison de la législation inexistante en la matière, il est impossible de connaître notre degré d'exposition ou l'étendue du problème. Le manque de lisibilité sur la législation, et l'afflux d'offres sur Internet fondées sur la crédulité des consommateurs, des argumentaires extraordinaires et des prix cassés font que les produits que l'on peut se procurer par ses propres moyens sont éventuellement dangereux et respectent rarement les normes.

Certains sont même composés pour une part (dans le but de présenter une efficacité réelle, mais en mettant en danger la santé de celui qui les consomme) de médicaments ayant été interdits à la vente.

On connaît également tous les différents régimes qui sont censés vous faire perdre du poids de manière mira-

1. ibid.

culeuse, parfois en mangeant moins, parfois en mangeant tout autant, mais de la nourriture sans calories, « allégée », ou enrichie en protéines.

Appelée régime Dukan, du nom de son créateur, cette diète est ainsi apparue comme une solution miracle. On pouvait grâce à lui perdre jusqu'à 10 kilos par mois. Et on mangeait, mais uniquement des protéines en sachet, alternées avec une alimentation normale.

Même si ce régime peut donner des résultats, il est important de signaler qu'il présente des risques importants : carence grave en nutriments essentiels, surcharge des reins et du foie et, au final, les protéines sont quand même transformées en énergie (donc, en sucre), mais par un cycle de transformation qui peut se révéler toxique et charger le sang en métabolites indésirables.

Il est donc nécessaire, si vous envisagez de faire un régime, de vous adresser à des professionnels de santé et de ne pas faire l'erreur, surtout, de croire sur parole les promesses de l'industrie alimentaire, ou de ceux qui veulent abuser de votre crédulité. Ils sont particulièrement nombreux dans ce secteur et risquent de mettre votre santé en danger.

14

Quand le « bio » devient une industrie

L'agriculture biologique est née d'une exigence éthique et nutritionnelle dans les années 1930 après l'apparition de la chimie agricole et des recours massifs à l'engrais pour produire plus.

Elle a pour but de respecter les cycles naturels de la vie biologique, c'est-à-dire de s'aligner sur les rythmes de croissance et de production des céréales et autres, plutôt que de les forcer à respecter nos attentes, nos exigences et nos appétits.

Elle s'accompagne de toute une philosophie qui cherche à réhabiliter l'idée d'une nature alliée, plutôt qu'instrumentée et soumise, et le retour aux usages de l'agriculture telle qu'on la pratiquait lors des siècles passés, fondée sur des savoirs millénaires (par exemple par un usage raisonné de l'humus et de la jachère). Elle s'inscrit dans une démarche de développement durable, en harmonie avec l'environnement.

Le terme est apparu en France dans les années 1950, tandis que la systématisation de ce programme et de ses exigences a commencé à voir le jour dans les années 1970, avec la mise en place progressive de normes et de cahiers des charges.

En 1999, l'agriculture bio est reconnue par le *Codex Alimentarus*. Un plan d'action européen est ensuite conçu dans le courant des années 2000 : les paysans qui souhaitent pratiquer l'agriculture bio héritent alors d'obligations concernant leur mode de production.

Les agriculteurs bio s'engagent bien sûr à ne pas utiliser d'engrais industriels (ils peuvent en utiliser des naturels comme le purin d'ortie), ni de pesticides, ni d'OGM (même si ce dernier point a fait l'objet de beaucoup de débats à l'échelle européenne).

En 2009, la législation entre les États s'est définitivement harmonisée. Nous verrons en quoi cela a touché la pratique telle qu'elle existe en France.

Les exigences de notre pays en la matière sont plutôt élevées, et l'agriculture française aurait avantage à généraliser la pratique du bio.

Non seulement la qualité de la nourriture y gagnerait certainement, mais ce serait l'occasion de complètement revoir notre politique agricole : en effet, la France est aussi par ailleurs le premier pays européen pour la consommation de pesticides, avec 78 000 tonnes répandues par an dans les champs – pour une surface bio totale de 1,1 % des terres cultivées, soit la plus basse d'Europe.

Qu'on compare aux 5,9 % de l'Allemagne, aux 6,7 % de l'Espagne, ou aux 8,9 % de l'Italie – quand le Danemark et l'Autriche arrivent à un total proche des 20 %, et presque 15 % pour la Suède. Il va sans dire que la France a accumulé un retard certain dans ce domaine, avec une moyenne européenne à 4,7 % des terres en agriculture biologique.

Ce n'est pourtant pas faute d'une forte demande de la part de nos concitoyens, qui s'inquiètent de plus en plus de ce qui finit dans leurs assiettes (la consommation de bio progresse en moyenne de 10 % par an).

Le Grenelle de l'environnement a créé un plan à ce sujet pour que la surface cultivée en France en 2012 soit de l'ordre de 6 %. Il semble que cet objectif ne sera pas atteint (nous peinons toujours actuellement autour de 2 %).

À la décharge des pouvoirs publics, le territoire représenté est, par sa taille, l'un des plus importants d'Europe. Mais la politique a longtemps rechigné à suivre ce que l'on présente encore trop souvent comme une mode, et les encouragements financiers sont plus aléatoires et moins importants que dans certains pays comme l'Autriche (alors que l'agriculture intensive chimiquement assistée ne manque pas quant à elle de subventions).

Par exemple, en 2011, le crédit d'impôt des pratiquants de l'agriculture biologique a été réduit de moitié, passant de 4000 à 2000 euros : on voit difficilement en quoi cet « encouragement » pourrait aider à obtenir 6 % de surface bio cultivée fin 2012. Malheureusement, ce n'est pas la seule incohérence du Grenelle de l'environnement, qui n'a fait qu'accumuler les paradoxes et les effets d'annonce pour être laissé à l'abandon dans les faits.

Si le bio n'en est encore qu'à ses balbutiements, il n'en soulève pas moins tous les intérêts : entre ceux qui n'hésitent pas à essayer d'en tirer parti, salissant régulièrement son image, et ceux qui voudraient justement l'enterrer pour pouvoir industrialiser définitivement l'agriculture (les nombreux défenseurs du toujours plus d'engrais, de pesticides et de chimie), la filière est soumise à rude épreuve.

Absence de scrupules et économies d'échelle

Certains des scandales qui ont touché le bio découlent directement de l'absence de scrupules de certains industriels, puisque le bio n'est pas non plus exempt de processus d'industrialisation, notamment pour des raisons d'économies d'échelle.

Ainsi, en 2009, 46 États des États-Unis sont touchés par une contamination à la salmonelle qui cause 9 morts et rend 690 personnes malades. Les responsables ? Des cacahuètes issues de trois usines, dont deux étaient bio, appartenant à la Peanut Corporation of America.

Il a fallu toute une chaîne de négligences et de complaisances pour en arriver là : les cacahuètes bio n'étaient pas produites sur place, mais importées de Chine. Quand on connaît les conditions de production dans ce pays[1], il faut une certaine dose de crédulité ou de mauvaise foi pour faire confiance à une production bio venant de là-bas.

Dans les usines, les cacahuètes sont chauffées pour tuer les bactéries, mais le système est victime d'une panne, qui n'est pas détectée. Enfin, les usines utilisaient leurs propres eaux usées pour nettoyer les zones de stockage, ce qui entraînait une sur-contamination de tous les arrivages.

Évidemment, une pratique qui n'a, en elle-même, rien de bio, du début à la fin du processus de production, est ensuite montée en épingle pour discréditer la filière, alors qu'elle témoigne plus sûrement, comme dans l'agriculture la plus classique, d'une dérive dictée par l'intérêt.

Un autre incident peut amener aux mêmes conclusions : en 2010, ce sont plusieurs milliers de tonnes de maïs bio

1. Voir le chapitre 11.

qui sont contaminées à la dioxine, en Hollande. Ce maïs, utilisé pour nourrir les poules, a entraîné la destruction de millions d'œufs bio par mesure de précaution.

Mais comment cela a-t-il pu arriver ? Le maïs était produit en Ukraine, puis importé en Hollande par bateau, porteur d'un certificat affirmant que sa teneur en dioxine était conforme à la réglementation européenne.

Là encore, c'est la délocalisation de la production dans des pays où elle revient moins cher qui s'avère fatale : pourtant, le bio a, à son origine, pour but de recréer le lien entre producteur et consommateur, et de revenir à une production locale raisonnée.

On voit que l'absence de volonté claire des pouvoirs publics a sans doute réduit à néant l'espoir de pouvoir changer réellement les choses avec cette filière.

D'autant que les vraies escroqueries ne manquent pas non plus. Ainsi, fin 2011, la police italienne a démantelé un trafic de faux produits bio. L'association Agir pour l'environnement précise ainsi : « *Plus de 2500 tonnes de farine, froment, soja ou fruits secs faussement présentés comme biologiques ont été saisis, une dizaine de personnes est mise en cause. Le trafic organisé entre la Roumanie et l'Italie a porté sur plus de 700 000 tonnes en plusieurs années. Les produits de base étaient achetés via des sociétés-écrans puis "transformés" en bio avec de faux certificats. La filière a été démantelée.* »

Mais, selon Agir pour l'environnement, le problème est bien celui des provenances multiples de la nourriture, qui a rendu possible ce trafic : chaque mouvement est l'occasion d'une nouvelle manipulation, chaque étape dilue un peu plus la responsabilité et les scrupules de tous les participants au produit final.

L'influence de l'Europe n'est pas nécessairement d'une grande aide. Ainsi, *Le Canard enchaîné* souligne que la demande croissante des Français en bio ne pouvant être satisfaite par la production nationale – ce qui est un comble, quand on connaît le volume de production monstrueux de notre pays –, nous sommes obligés d'importer une partie du bio.

Du bio très très allégé

En 2009, un nouveau règlement européen harmonise les pratiques des différents pays de l'Union. Qu'est-ce que cela veut dire en clair ? Que la France va revoir ses critères à la baisse et qu'elle va importer des aliments tenant du « bio allégé » : « *Prenez les cochons, les vaches et les volailles : il fallait produire à la ferme 50 % de ce qu'on leur met dans la gamelle. Désormais, on pourra se contenter de 10 %. Avant, quand un agriculteur se convertissait au bio, il devait, au bout de huit ans, ne plus faire que du bio. Dorénavant, il aura le droit de vendre ses légumes bio, tout en produisant à côté du poulet en batterie*[1]. »

Tout ce qui fait la spécificité de la filière est ainsi réduit à un argument commercial parmi d'autres, et ce règlement contourne les intentions vertueuses éventuelles encore plus sûrement que les escroqueries pourraient espérer y parvenir.

Autres transformations : disparition de la durée minimum d'élevage du cochon avant de l'emmener à l'abattoir, diminution de celle concernant les poulets, passage

1. *Le Canard enchaîné*, 21 janvier 2009.

de « *zéro antibiotique et un traitement antiparasitaire* » à « *un antibio et no limit pour le parasitaire* » concernant les poulets, mais, en règle générale, augmentation de la tolérance aux antibiotiques et aux antiparasitaires pour toutes les espèces d'élevage.

Cet assouplissement profite majoritairement aux industriels, aux dépens du consommateur. Ainsi, le 16 mai 2012, *Le Canard enchaîné*, encore lui, relève que le groupe Duc, spécialisé dans le poulet industriel, a décidé de se lancer massivement dans le poulet bio en abaissant la durée d'élevage de 81 jours, comme c'est l'usage dans le secteur, à 71 jours, au grand dam des éleveurs bio qui affirment que la viande y perdra en goût et en qualité.

Mais « *la réglementation européenne sur le bio n'impose aucune durée minimale d'élevage pour les aviculteurs qui travaillent avec des souches dites "à croissance lente", type poulet fermier* ».

Ce vide dans les textes amène immédiatement à ce genre de pratique. Les éleveurs traditionnels ont demandé à ce que l'on ne puisse pas faire grossir un poulet de plus de 27 g par jour, au lieu de 35 précédemment, pour rendre impossible un élevage écourté (en 71 jours, le poulet est vendu dès qu'il atteint 2,2 kg). Mais le groupe Duc a affirmé qu'il « *saisirait Bruxelles* ».

L'Europe encourage donc, volontairement ou non, le dévoiement du système qui était censé garantir le retour à une pratique moins exclusivement préoccupée de rentabilité immédiate.

Il existe un autre obstacle parfaitement cynique à l'imposition du bio sur le marché : son prix. En effet, comme l'a remarqué l'UFC Que Choisir dans une enquête publiée en janvier 2010, le panier de produits bio est 57 % plus cher qu'un panier de produits comparables, alors même que le surcoût de production est quant à lui de l'ordre de 25 à 30 %.

Ainsi, la répercussion des frais supplémentaires pour produire selon des critères de qualité augmentés se ferait en prélevant une marge en forme de pénalité pour les consommateurs. Selon un calcul simple de la part des distributeurs, comme le bio est réclamé par des gens ayant un certain pouvoir d'achat, il est normal de le rentabiliser autant que possible.

L'UFC Que Choisir clame que ce calcul met le bio hors de portée des bourses de la plupart des Français. Elle cite ainsi l'exemple des pommes conventionnelles vendues avec une marge moyenne de 50 centimes, tandis que les pommes bio le sont avec une marge de 1,09 euro. Le double.

L'association s'interroge : *« Et si les prix des produits bio n'étaient en aucune façon fixés en fonction de leurs coûts de production mais de l'optimisation de la marge que les distributeurs peuvent dégager en fonction du prix psychologique que les consommateurs sont prêts à consentir pour en disposer ? »*

Elle ajoute que la PAC (politique agricole commune, qui fait certainement débat) favorise trop les produits utilisant engrais et pesticides aux dépens des produits bio, ce qui accentue encore ces écarts.

La logique des différents acteurs de la chaîne est en effet déplorable : elle encourage une agriculture à deux vitesses, permettant seulement à une petite frange de la population, celle des plus aisés, de se mettre à l'abri des cocktails chimiques de l'agriculture intensive, réservés aux plus pauvres, qui découvriront bien assez tôt les effets sur leur santé.

Mais c'est une habitude de tous les participants à la production agricole de répercuter les augmentations de prix en faisant enfler les marges : ainsi, un article du

Canard enchaîné du 6 avril 2012 expliquait que, profitant de la hausse du prix des matières premières dans l'élevage du poulet (comme le maïs), les industriels et distributeurs avaient multiplié leur marge brute presque par deux (96 %), ce qui ne s'explique pas autrement que par un désir de rentabilité immédiate sur des produits de première nécessité. Le bio, à ce titre, n'est donc pas à meilleure enseigne, mais pâtit de son image de luxe.

Le scandale des graines germées

Récemment, l'affaire des graines germées[1] n'a rien arrangé à la situation de la filière : elle se retrouve prise entre cette image de nourriture de privilégiés (entérinée par son prix) et celle d'une technique dangereuse mettant particulièrement en danger la vie de ses consommateurs.

Les champions du tout-chimique n'ont en effet pas attendu longtemps, malgré les innombrables problèmes auxquels leur entêtement intéressé nous confronte et va nous confronter bientôt, pour ressortir des études controversées affirmant que le bio nous fait courir plus de dangers que la nourriture servie par l'industrie.

Une étude réalisée en 1996 par le Center for Disease Control[2] d'Atlanta, un établissement réputé, semblait affirmer que « *les adeptes du bio présentaient huit fois plus de risques que les autres d'attraper une infection microbienne*[3] ». Des chercheurs du CNRS ressortaient cette étude, au lendemain du scandale des graines germées, pour affirmer

1. Voir le chapitre 8.
2. Centre pour le contrôle des maladies.
3. *Le Canard enchaîné*, 27 juillet 2011.

que l'alimentation bio avait certes ses avantages nutritionnels, mais aussi ses inconvénients et risques propres.

En 2006, un autre scandale à l'*Escherichia coli* avait frappé le bio, cette fois aux États-Unis : des épinards bio avaient contaminé 170 personnes, dont 23 gravement (insuffisance rénale) en raison des composts d'origine animale utilisés dans le bio pour leur richesse en azote, mais éventuellement porteurs de germes dangereux pour l'homme (du fait de l'utilisation de déjections animales).

La réglementation sur le sujet étant absente, la contamination par *Escherichia coli* présenterait dans le bio un risque six fois supérieur à celui de l'agriculture traditionnelle, selon une étude de l'Université du Minnesota datant de 2004.

Cependant, l'utilisation de l'étude du CDC d'Atlanta porte à confusion et fait violemment débat : en effet, un ingénieur agronome français repris par *Le Canard enchaîné* du 27 juillet 2011 explique : *« Dès 1999, le CDC a démenti avoir mené cette étude, mais certains ont continué à la diffuser comme si de rien n'était. »*

En fait, cette présentation d'une étude fantôme est l'œuvre d'adversaires du bio qui voulaient le discréditer. L'association écologiste Générations futures, interrogée par l'hebdomadaire satirique, affirme quant à elle : *« Les travaux menés ces dix dernières années montrent qu'il y a plutôt moins d'*E coli *et de bactéries résistantes aux antibiotiques dans les produits bio. »*

Ainsi, le bio nous mettrait plutôt à l'abri d'un des principaux dangers de l'agriculture industrielle : le développement de souches de bactéries absolument résistantes aux antibiotiques, résultant d'un calcul totalement fallacieux des tenants du tout-antibiotique.

Aujourd'hui, l'exposition est sans doute moindre, mais, demain, les problèmes sanitaires à l'échelle mondiale n'auront plus de solution. Nous serons confrontés à un règne microbien extrêmement résistant alors que nos défenses immunitaires n'auront plus l'habitude d'affronter ce genre d'attaques.

15

Sel, sucre et graisse : la malbouffe

Le terme de malbouffe remonte aux années 1980, mais désigne une forme d'alimentation qui lui est antérieure et qui est trop riche en graisses, en sucre et en sel, et trop pauvre en nutriments essentiels au bon fonctionnement de l'organisme. De la malbouffe découlent aussi d'autres problèmes majeurs, comme ceux de la surconsommation, du gaspillage et du trop-plein d'emballages.

Ce phénomène récent, amené par l'industrialisation de l'agroalimentaire, remonte en grande partie à la deuxième moitié du XXe siècle. Déjà, au XIXe siècle, les progrès technologiques avaient permis de nouveaux procédés de conservation. Avant cela, pas d'industrie agroalimentaire : on se contentait de fumer, saler, faire fermenter ou sécher les aliments si on voulait les garder.

De cette époque jusqu'à la Seconde Guerre mondiale, l'évolution n'a pas pris de proportions inquiétantes. On ne trouvait pas de supermarchés, la plupart des commerces de bouche étaient des épiceries, des marchés, des boulangeries, boucheries, charcuteries, poissonneries, crémeries et autres magasins indépendants de petite taille qui vendaient des produits frais à consommer rapidement, ainsi que des conserves artisanales.

Ces produits étaient directement issus d'activités fermières (comme le lait, les fromages ou la viande), agricoles (pour les céréales, fruits et légumes) ou artisanales (comme la meunerie ou la brasserie). On trouvait déjà quelques produits issus de l'industrie, notamment les premières boîtes de conserve en métal, certains biscuits ainsi que des pâtes, du riz, du sucre et des aliments lyophilisés, mais, à l'époque, pas encore l'ombre d'un plat cuisiné, d'un produit surgelé ou d'une sauce toute prête. Les femmes étaient en cuisine et se chargeaient de préparer les repas dans leur intégralité.

Avec l'industrialisation massive des pays développés, survenue suite à la guerre, les choses ont bien changé. Suivant le modèle américain, l'Europe de l'Ouest a commencé à produire en grandes quantités des articles de consommation nouveaux, répondant à des standards de goût.

On a également vu apparaître les premiers réfrigérateurs en France. Bien que l'invention de cet appareil remonte à 1913 aux États-Unis, il a mis un certain temps à se démocratiser.

Durant les années 1960, le congélateur est peu à peu devenu le nouvel appareil électroménager indispensable. Plus besoin alors de se ravitailler quotidiennement : on peut à présent stocker la nourriture et ne faire ses courses qu'une à deux fois par semaine.

Toute cette panoplie accompagne le développement de l'industrie alimentaire qui va dans le même sens. L'idée est de gagner du temps, de la place et de satisfaire une clientèle de plus en plus urbaine et de plus en plus pressée. C'est alors que le supermarché s'impose comme la solution la plus pratique pour faire ses courses. On y trouve tout au même endroit, il est considéré comme pratique, il paraît moderne, propose sans cesse des nouveaux produits, et puis il casse les prix. Les petits commerces peinent à suivre et disparaissent peu à peu.

Au début, on crie au progrès, les femmes se sentent libérées des tâches domestiques, et une grande partie du public s'entend à dire que l'industrialisation alimentaire est une bonne chose. Les paysans crient au scandale, les campagnes se dépeuplent, et bientôt la plupart des terres cultivables sont rachetées par les grandes compagnies qui s'imposent sur un marché conquis d'avance.

Les femmes, qui ont commencé à travailler, n'ont plus autant de temps pour cuisiner. Leurs maris ne prenant pas le relais, les produits industriels s'imposent de plus en plus comme la solution idéale. Et, s'il n'y a personne en cuisine, le supermarché dispose d'une brèche idéale pour vendre : proposer des plats préparés devient rapidement une nouvelle activité à part entière, sur laquelle les industriels cherchent à faire toujours plus de marge.

Trop de sel et de sucre

Il y a deux ingrédients essentiels au succès d'un plat préparé. Tout d'abord, il faut qu'il plaise au public, qu'il soit attrayant en termes de goût, mais aussi à la vue, surtout en ce qui a trait à l'emballage, puisque c'est ce que le consommateur aura sous les yeux à l'achat.

On s'attache donc à les agrémenter d'un joli nom, d'une marque évocatrice, d'une photo appétissante. Il faut également qu'il demande le moins de préparation possible, un simple réchauffage, le plus court possible, car c'est ce que les consommateurs recherchent.

Jusque dans les années 1980, on devait porter ces plats à la température souhaitée au four ou au bain-marie, voire à la casserole ou la poêle.

Mais le temps qu'il fallait y mettre a été divisé de manière considérable avec l'apparition du four à micro-ondes. Cette invention a largement contribué à faire basculer l'alimentation des Français.

Enfin, le plat préparé se doit de séduire le palais du consommateur. Comme le sel et le sucre sont d'excellents exhausteurs de goût, ils permettent aux industriels de se passer d'ingrédients de première qualité en compensant par des doses accrues de ces deux ingrédients fétiches qui sont en outre hautement addictifs.

Les graisses sont également un très bon stratagème puisqu'elles enrobent et permettent de rendre moelleux des produits trop coriaces. Comme le sucre et le sel, on s'habitue vite à des quantités excessives qui finissent par paraître normales.

Le deuxième ingrédient du succès du plat préparé se situe du côté de l'industriel et non du consommateur. Il s'agit de la marge financière qu'il va réaliser sur le dos de ses clients. Pour réaliser cette marge, il doit créer un plat qui soit le plus savoureux et présentable possible en utilisant les ingrédients les moins chers.

Là encore, le sucre, le sel et le gras sont les clés du succès. Ces trois éléments sont très peu chers et permettent d'augmenter habilement le poids total du plat. On peut ainsi rogner sur les ingrédients plus chers comme la viande ou le poisson. On les retrouve donc en quantités qui dépassent parfois largement les doses quotidiennes recommandées.

À titre d'exemple, un paquet de chips recèle l'équivalent en sel de 30 bols d'eau de mer, et on compte en moyenne 6 g de sel dans une baguette, 5 g dans un paquet de biscuits ordinaires ou dans une part de pizza.

Suivant cette évolution, ce n'est pas seulement la dose de sel et de sucre qui a changé avec le temps dans les rayons des supermarchés, mais le type de produits proposé lui-même.

Sous l'impulsion des États-Unis, de nouvelles denrées ont fait leur apparition, à commencer par le ketchup, une sauce tomate ultra-sucrée, qui est venue habituer notre palais à toujours plus de douceur, les céréales du petit-déjeuner agrémentées d'additifs et, elles aussi, d'une dose considérable de sucre, les pizzas et burgers surgelés ultra-gras, les sodas, les chips, etc.

Ce changement dans les habitudes alimentaires a évolué de manière exponentielle : plus on s'accoutume au sucre, au sel et aux graisses, plus le palais y devient tolérant, bien que l'organisme ne suive pas. On s'habitue aussi à manger vite, de manière déséquilibrée et anarchique, et en trop grandes quantités.

Si on est exposé à la malbouffe lorsqu'on est jeune, c'est toute une éducation alimentaire qui en pâtit. Les mauvaises habitudes sont alors profondément enracinées, le goût du trop gras, trop sucré, trop salé, est tout ce que l'on connaît et tout ce que l'on accepte de manger.

Les jeunes générations sont donc les plus touchées par le phénomène puisqu'elles sont nées avec et qu'elles n'ont connu que cela. Elles ont grandi dans une société de consommation qui a perdu ses repères alimentaires. Les conséquences pour la santé sont dramatiques : depuis une trentaine d'années, la France a enregistré une montée en flèche de l'obésité, notamment chez les enfants, ainsi que des maladies cardiovasculaires, du diabète et de certains cancers. Mais les industriels n'étant pas épinglés, ils ont toutes les raisons pour continuer à charger les plats sous vide, sauces et autres préparations industrielles en sel, sucre et graisses.

55% de sucre !

Prenons l'exemple édifiant du Nutella, la fameuse pâte à tartiner au cacao et aux noisettes de la marque italienne Ferrero, dont les Français raffolent. La France en détient en effet le record de consommation en engloutissant chaque année 26 % de la production mondiale, qui est de 300 000 tonnes. Le Nutella plaît pour son goût sucré, sa consistance onctueuse.

À en juger par l'étiquette, on pourrait presque croire à un produit artisanal, avec de belles noisettes, du bon lait frais et une touche de pur cacao. Mais il n'en est rien.

Sa composition est tout à fait effrayante : il contient 55,2 % de sucres, 17,3 % d'huile végétale, 13 % de noisettes, 7,4 % de cacao maigre en poudre, 6,6 % de lait écrémé en poudre, 0,8 % de petit lait, 0,3 à 0,7 % d'émulsifiant et 0,7 % d'arôme.

L'huile et le sucre représentent les trois quarts du produit, garantissant une bombe calorique de premier choix et un produit parfaitement déséquilibré. De plus, il n'y a aucun ingrédient frais. Le seul élément qui pourrait être positif d'un point de vue nutritionnel, les fameuses noisettes, ne sont là qu'à hauteur d'un huitième du produit.

Et elles-mêmes étant naturellement sucrées et grasses, ce n'est certainement pas en les combinant à autant d'huile et de sucre qu'elles pourront avoir le moindre bienfait.

En février 2011, une mère de famille américaine a d'ailleurs porté plainte contre le géant Ferrero pour publicité mensongère. Elle a demandé à la justice fédérale américaine d'interdire notamment à Ferrero d'étiqueter le Nutella comme « bon pour la santé », « équilibré », « aidant les mamans à nourrir leurs enfants de céréales complètes », ou encore comme « un exemple de petit-déjeuner équilibré et savoureux ».

Enfin, ce qui est terriblement gênant, c'est le flou qui entoure l'origine des ingrédients utilisés par Ferrero pour faire sa pâte à tartiner : l'entreprise refuse d'indiquer si elle contient des produits issus d'animaux ayant consommé des organismes génétiquement modifiés, et elle utilise essentiellement de l'huile de palme sans garantir qu'elle ne provient pas de cultures issues de la déforestation, cause de la menace de disparitions de nombreuses espèces, incluant l'orang-outan.

En outre, le Nutella contenait aussi un plastifiant dangereux pour la santé hormonale : le phtalate DEHP, qui est considéré comme dangereux, mais en quantité inoffensive selon Ferrero. Le DEHP est interdit sur le marché européen depuis 2011.

En bref, trop gras, trop sucré, pauvre en nutriments, et constitué d'ingrédients à la provenance douteuse pour la santé et l'environnement, le Nutella est un emblème de la malbouffe.

Préférez-lui notre bon vieux beurre-confiture ou beurre-miel, qui, en plus d'apporter des vitamines, minéraux et autres acides gras essentiels, sont des produits « propres » du point de vue de leur production.

L'exemple du Nutella est particulièrement révélateur, car on se doute immédiatement qu'il s'agit de malbouffe. Idem pour les chips, pizzas surgelées ou encore les sodas. Mais les produits les plus dangereux sont finalement ceux qu'on ne soupçonne pas. On les croit sains alors qu'ils ne le sont en réalité pas du tout.

Sur le terrain de la malbouffe déguisée, il y a du monde. On peut par exemple citer les produits allégés, qui sont souvent plus caloriques que la version originale, moins équilibrés et bourrés d'additifs pour leur donner une consistance agréable ; les jus et nectars de fruits, bombardés de sucre pour masquer l'acidité des fruits trop verts ou de mauvaise qualité ; les compotes et desserts lactés, très gras, très sucrés et pleins de gélatine pour obtenir une consistance crémeuse ; tous les produits qui portent la mention « adapté aux goûts des enfants » qui signifie simplement « nous avons ajouté du sucre et du gras pour que les enfants avalent notre recette sans broncher ».

La liste pourrait s'éterniser. Il est donc extrêmement important d'être vigilant et de prendre le temps de lire les étiquettes, tout en ayant à l'esprit le double langage des industriels et en sachant lire entre les lignes.

Lorsqu'un argument fort est mis en avant, il cherche souvent à faire oublier une lacune importante. Par exemple, lorsque la marque Chupa Chups annonce, triomphante, que ses sucettes comptent « 0 % de matière grasse », on n'apprend rien en réalité, puisqu'il n'y a jamais eu la moindre matière grasse dans aucune sucette depuis la nuit des temps.

Par contre, elles sont composées à 100 % de sucres, et ça, Chupa Chups ne l'affiche pas, car l'impression du client ne serait pas la même.

À mesure que la malbouffe se généralise, tout le monde finit par en consommer, peu importe la tranche d'âge ou la catégorie professionnelle. Ce faisant, les industriels s'enrichissent et peuvent donc agrandir leur empire et produire toujours plus en utilisant des méthodes et des pratiques le plus souvent très polluantes et en utilisant des quantités effrayantes d'emballages, pour la plupart inutiles.

Le problème est donc global : il n'est pas seulement sanitaire, mais également environnemental, et agit comme un cercle vicieux. La sonnette d'alarme a donc été tirée dès les années 1980 par divers groupes écologistes et syndicats paysans qui voyaient l'ampleur des dégâts et avaient déjà une idée de ce que cela pourrait donner au cours des années à venir.

C'est à ce moment que sont apparus les premiers magasins d'alimentation diététique, qui proposent des produits issus d'une agriculture raisonnée ou du commerce équitable. Depuis quelques années, la prise de conscience est plus grande, et ce type de commerces s'est généralisé, mais ses prix rebutent encore nombre de consommateurs qui n'en ont a priori pas les moyens.

C'est pourtant leur santé et l'avenir de la planète qui sont en jeu, et, à long terme, la facture est vite compensée. De plus, manger sainement n'est pas forcément plus cher, à condition d'en prendre le temps et de chercher à s'informer.

Il est également important de consommer local, et c'est en ce sens que le nouveau mouvement du « slow-food », en opposition au fast-food, a vu le jour. Il prône une consommation des produits de saison, issus de la région à laquelle on appartient et respecte des consignes élémentaires de traçabilité.

En s'alimentant de cette manière, en retrouvant le plaisir de cuisiner et de composer soi-même ses menus plutôt que d'en laisser le soin aux industriels, bref, en regagnant l'équilibre perdu, on s'assure une meilleure santé, un regain d'énergie, et on fait un geste considérable pour la planète.

16

Le cas McDonald's

McDonald's, comme toutes les autres grandes enseignes de fast-food, a plutôt mauvaise réputation en France : il y a là une méfiance vis-à-vis des Américains qui « ne savent plus quoi inventer » et qui ont la population qui compte le plus d'obèses au monde, et une attitude farouche face à tout ce qui pourrait détériorer, voire faire disparaître les traditions culinaires nationales.

Pourtant, le grand groupe spécialiste des hamburgers se porte très bien. Les Français ont beau être théoriquement plutôt opposés à cette forme de malbouffe, ils en consomment, et ils en consomment même beaucoup. L'Hexagone est en effet le deuxième marché du groupe derrière les États-Unis. Comment est-ce possible, quelle stratégie est employée par McDonald's pour vendre ses produits dans un pays si jaloux de sa gastronomie, et où les consommateurs sont globalement éduqués et de plus en plus conscients des effets négatifs pour la santé du « McDo » ?

Et au-delà des peurs et légendes urbaines, que valent exactement ces produits ? Regardons plus en détail comment le groupe a réussi à s'implanter chez nous et à faire passer des plats dangereux pour des options simples, saines, pratiques et pas chères.

McDonald's est un cas emblématique, car c'est la chaîne de fast-food la mieux implantée en France. Burger King a disparu, car trop cher, Quick tient bon, mais la marque belge a été introduite chez nous un an après McDonald's et apparaît à nos yeux comme l'éternel suiveur du géant américain. KFC, quant à lui, est loin d'avoir la même popularité.

Pourtant, toutes ces enseignes observent les mêmes pratiques pour servir une nourriture comparable à des coûts similaires. Bon an, mal an, McDonald's est toujours resté en tête. Créée en 1955 aux États-Unis et décriée depuis ses débuts en France en 1979, la marque n'a cessé de faire des profits et de grandir, si bien qu'elle s'est implantée sur tout le territoire en quelques années.

Aujourd'hui, on compte 1200 restaurants au clown à travers l'Hexagone, qui servent 1,2 million de clients par jour, soit 440 millions par an. C'est-à-dire qu'en France, 13 clients poussent la porte d'un McDonald's en moyenne chaque seconde. Ce succès peut paraître paradoxal au pays de la gastronomie.

Les petites recettes de l'antigrastronomie

Mais la chaîne a justement tout misé sur ce paradoxe : McDo, c'est l'antigastronomie, des plats qui changent de la cuisine familiale, des plaisirs coupables gras et sucrés ; c'est la joie simple et régressive de manger avec les doigts et de ne pas avoir à faire la vaisselle, comme des enfants ; on est servi relativement vite et, comme on n'a pas à cuisiner, cela apparaît aussi comme un gain de temps ; c'est également une sortie, comme manger au restaurant, mais sans être obligé de bien se tenir ; surtout, c'est enfin un repas prétendument peu cher.

C'est sur ces arguments de vente que McDonald's a construit son empire. Cependant, petit à petit, les consommateurs français, de mieux en mieux informés, ont montré de plus en plus de méfiance à l'égard des repas McDo.

C'est véritablement à partir de la fin des années 1980 que tout a basculé. Jusque-là, dans les restaurants de l'enseigne au clown, on servait tranquillement, depuis une dizaine d'années, des viandes américaines issues de vaches élevées aux hormones de croissance et victimes de maltraitance, tout comme les poulets qui finissaient en McNuggets.

London Greenpeace, un petit groupe écologiste britannique, a tenté d'alerter l'opinion publique des pratiques scandaleuses du groupe d'un point de vue environnemental en publiant *Ce qui ne va pas chez McDonald's : tout ce qu'ils ne veulent pas que vous sachiez* en 1986, mais le livre n'a pas eu de grand retentissement en France.

McDonald's a par contre eu vent de cet ouvrage et a attaqué le groupe écologiste en justice en 1990. C'est ainsi que le plus long procès de l'histoire anglaise a commencé, aboutissant en 1997, malgré les pressions financières considérables que cette affaire représentait pour les défendants, qui se battaient tel David face à Goliath et son armada d'avocats, à une victoire des environnementalistes.

En effet, leurs critiques concernant la qualité nutritive des aliments, bien trop gras, trop sucrés et trop salés, et les pratiques douteuses au sujet de la politique de l'emploi chez McDonald's étaient indiscutables et, malgré tous ses efforts, la firme américaine n'est pas parvenue à les réfuter.

Les médias ont largement suivi cette affaire, baptisée « procès McLibel », et commencé à diffuser une image très peu flatteuse – mais réaliste – de McDonald's, dévoilant au grand jour le mode de fabrication des plats McDo, l'origine des ingrédients, leurs apports nutritionnels, le gaspillage et le nombre d'emballages phénoménal utilisé, ainsi que les techniques marketing scandaleuses de la compagnie qui visait directement les enfants à travers ses messages publicitaires.

En France, on a alors commencé à s'inquiéter. L'Union européenne avait déjà réagi en interdisant en 1988, deux ans après la publication du livre de London Greenpeace, les importations de bœuf américain élevé aux hormones de croissance.

Mais le public a réellement été touché lorsque, en 1999, le célèbre syndicat agricole Confédération paysanne, par l'entremise de José Bové et d'autres paysans français, a démonté un restaurant McDonald's en cours d'assemblage dans l'Aveyron.

On s'est mis à parler ouvertement de « malbouffe » grâce à cette initiative très remarquée. Dès lors, McDo n'a plus pu se cacher derrière ses messages publicitaires sympathiques et son emblématique clown souriant.

Certes, la viande de bœuf était à présent 100 % française, suite aux mesures de l'UE, mais cela ne suffisait pas à faire des repas sains.

La presse a pris le relais, montrant au grand jour les apports caloriques monstrueux des plats servis dans les restaurants McDonald's et leurs conséquences sur la santé. Bien trop riches et addictifs en raison des quantités de sel, de sucre et de gras utilisés, ils menaient non seulement à l'obésité, mais aussi aux maladies cardiovasculaires, au diabète, sans compter toutes les autres pathologies désormais directement liées à cette fameuse malbouffe.

Voyant ses clients inquiets de la composition des sandwiches et de mieux en mieux informés, McDonald's, au début des années 2000, a changé de stratégie et tenté de se racheter une image neuve, plus saine et soucieuse de la qualité de ses ingrédients.

En effet, les ventes s'essoufflent, le public perd confiance, il est temps de réagir. Suite à de nombreux scandales internationaux, liés à la qualité de la nourriture, mais également aux conditions de travail des salariés, le groupe réalise des pertes sans précédent : ses parts de marché aux États-Unis sont tombées de 30 % à 15,2 % en 5 ans, et la société annonce une perte de 126 millions de dollars pour le quatrième trimestre 2003.

La même année, dans le but d'enrayer cette déconfiture, une toute nouvelle campagne publicitaire est lancée simultanément dans 100 pays à grand renfort de millions : son slogan est le célèbre « C'est tout ce que j'aime », en anglais « *I'm lovin' it* », en référence au tube du chanteur Justin Timberlake qui accompagne les messages télévisés.

L'idée est de vanter des menus plus équilibrés, notamment pour les enfants, en ajoutant des yaourts et des fruits frais dans les Happy Meals, et en donnant la possibilité de remplacer les frites par des carottes crues. Pour les adultes, on y offre le choix entre l'éternelle frite et une salade dans le menu Best Of.

De plus, on ne mise plus sur l'image familiale du restaurant, mais sur des représentations d'une jeunesse dynamique, visant clairement une tranche d'âge située entre 18 et 25 ans. On y montre des jeunes en pleine santé, qui dansent, se dépensent et débordent d'énergie.

Vive le marketing !

En réalité, on déchante bien vite lorsqu'on voit la réelle composition de ces nouveaux produits ajoutés au menu. Loin d'être plus sains, moins caloriques et moins gras, les repas de McDonald's n'ont aucune chance de donner à ceux qui les consomment cette fameuse énergie débordante vantée sur tous les supports publicitaires possibles et imaginables.

Les chiffres sont édifiants. Proposant depuis ses débuts son emblématique Big Mac qui, à lui seul, compte 495 cal, soit un quart des besoins quotidiens d'un homme, et près d'un tiers de ceux d'une femme, la carte du restaurant n'a jamais été un modèle nutritionnel.

Si on décortique plus encore, on peut voir que ce simple sandwich contient 27 g de protéines, soit 36 % des besoins d'un homme, 25 g de lipides, ce qui est énorme et représente plus du tiers de la quantité quotidienne maximale recommandée pour un homme et près de la moitié pour une femme, 40 g de glucides, soit 15 % des besoins journaliers d'un homme, et 2,3 g de sel, un chiffre considérable puisqu'il s'agit de presque la moitié de la dose maximale recommandée.

Au total, ce burger à lui seul est une véritable bombe calorique, bien trop grasse et salée. Mais on prend réellement l'ampleur des dégâts en se rappelant qu'il est très rarement – pour ainsi dire jamais – consommé seul, mais avec des frites et un soda.

Une portion moyenne de frites apporte 340 cal supplémentaires ainsi que 0,6 g de sel et 17 g de lipides, et un Coca-Cola contient 175 cal.

On arrive donc à un total effrayant de 1010 cal, soit plus de la moitié des besoins caloriques journaliers d'un homme adulte, et près des deux tiers pour une femme, en un seul repas. Du point de vue du sel, on atteint un score de 2,9 g, sachant que le maximum recommandé par jour pour un homme est de 5 g, et, pour un enfant, de 3 g. Et côté graisses, c'est le pompon avec 57 g, ce qui atteint presque le seuil de recommandation, fixé à 67 g pour un adulte et 62 g pour un enfant.

En bref, le jour où l'on s'offre un Menu Big Mac, on a tout intérêt à se contenter de navets bouillis sans sel pour les autres repas.

Depuis le début des années 2000, le public se montrant de plus en plus conscient et soucieux de sa santé et de son alimentation, ces chiffres ont commencé à se montrer gênants. L'entreprise étant obligée de donner les informations nutritionnelles de ses produits, les clients pourraient prendre peur.

De plus, les mentions légales imposées par le ministère de la Santé dans le cadre de la campagne d'information « Mangez, bougez » sont en opposition totale avec les plats servis : « Pour votre santé, évitez de manger trop gras, trop sucré, trop salé » résonne mal avec un plateau composé d'un menu Best Of et d'un dessert sucré, comme un McFlurry ou un Sunday.

McDonald's cherche donc tous les stratagèmes pour faire passer la pilule, noyant ces données dans une masse de conseils et de messages contradictoires, rassurants, et encourageant la consommation de ses menus.

Le but est de faire passer le déséquilibre alimentaire dont la compagnie est responsable derrière d'autres informations mises en avant, notamment la qualité des produits. On vante les mérites de la viande, du blé, ou encore du poulet, des pommes de terre et de la salade. Mais ces données sont insuffisantes : quid des œufs, du lait, des tomates ou de l'huile ?

Quoi qu'il en soit, elles sont là pour rassurer le consommateur et détourner son attention de la bombe calorique qu'il est en train de manger. Plus pernicieux encore, McDonald's a tendance à rejeter la faute de la malbouffe et ses conséquences sur ses clients : l'un de messages centraux de la nouvelle image « C'est tout ce que j'aime », que ce soit en restaurants, en publicité ou sur le site du groupe McDonald's, c'est d'encourager à la pratique d'une activité physique régulière, ce qui sous-entend que les consommateurs de McDonald's n'ont qu'à se bouger s'ils ne souhaitent pas grossir.

En résumé, si vous prenez du poids avec McDo, c'est que vous n'avez pas suivi nos conseils bienveillants, vous ne vous êtes pas assez dépensé. Bref, c'est votre faute.

Outre les calories, l'autre problème fondamental des repas McDo est le manque de fruits et légumes frais. C'est en effet principalement de la viande, du pain, des pommes de terre, de l'huile et du sucre.

La parade de la chaîne a été de proposer une nouvelle gamme de salades dès les années 1990, pour une option « légère et fraîche ». Mais si on regarde ces salades de plus près, elles n'étaient vraiment ni légères ni fraîches. Si gênantes qu'elles ont disparu sans laisser de traces, les premières salades McDo étaient, en raison de leur sauce et de leurs ingrédients riches (fromage, lardons, croûtons en abondance), parfois encore plus grasses, plus salées et plus caloriques que certains sandwiches.

Elles sont donc passées à la trappe et, au début des années 2000, les salades nouvelle génération sont apparues, mais elles ne valent pas mieux. On trouve la Caesar, au poulet frit, qui compte 375 cal, 18 g de lipides et 1,7 g de sel et la Chèvre croustillant, à base de fromage frit, qui totalise 451 cal, 21 g de lipides et 2 g de sel. Tout cela sans compter les sauces. Si on ajoute cette touche finale, c'est bien pire. Elles contiennent en effet entre 1 et 2 g de sel et 1 à 6 g de lipides supplémentaires.

On arrive donc largement à battre le score du Big Mac déjà pourtant bien mauvais élève. Ces salades apparaissant comme une option saine et légère, le client décomplexé s'autorisera volontiers des gourmandises supplémentaires, par exemple un dessert bien gras et sucré.

Le pain : sucré, gras et trop riche

En mangeant ainsi de manière régulière, on est certain de prendre du poids, mais ce n'est pas la seule menace. Si le compteur des calories est embarrassant, McDonald's n'a aucun intérêt à ce que vous cherchiez plus loin et que vous posiez la question de la composition totale des produits, ou encore que vous inspectiez d'autres éléments fondamentaux de la nutrition comme les vitamines, minéraux et les différents types de graisses.

Prenez le pain de votre sandwich par exemple : il contient de la farine, de l'eau, du sel, du soja, du sucre inverti, de la saccharose, de la dextrose, des émulsifiants, dont le E 472e (esters monoacétyltartriques et diacéthyltartriques des monoglycérides et diglycérides d'acides gras), le E 471 (monoglycérides et diglycérides d'acides gras), le E 481 (stéaroyl-2-lactylate de sodium), et puis d'autres ingrédients divers : un peu de E 300 (vitamine C), du E 516 (sulfate de calcium gypse, plâtre de Paris), ou encore du E 262, E 210, E 327 (lactate de calcium).

En bref, ce pain, à la composition beaucoup plus complexe que le pain traditionnel, est également plus sucré, plus riche, et n'en a pas du tout les qualités nutritives. Il apporte moins de vitamines, minéraux et acides gras nécessaires au bon fonctionnement de l'organisme pour y puiser de l'énergie. C'est bien là tout le drame du fast-food : il s'agit d'une spirale infernale qui, non seulement vous fait prendre du poids à cause de ce que vous mangez, mais qui en plus vous ôte l'énergie nécessaire pour brûler les calories supplémentaires que vous ingurgitez.

Les jeunes gens qui sautent de joie sur les panneaux d'affichage de la chaîne peuvent donc être assimilés à de la publicité mensongère. De sévères carences vous attendent si vous avalez du McDonald's sur une base régulière.

C'est ce qu'a mis en avant le jeune vidéaste américain Morgan Spurlock, qui a pris le pari complètement fou de ne se nourrir que chez McDonald's durant un mois et d'en mesurer les conséquences sur sa santé. Pour dénoncer les techniques de vente du géant du fast-food, il a également pris le parti d'accepter les propositions de produits supplémentaires ou de passer de portions médiums à larges.

Il est sans cesse filmé, au cours de son expérience grandeur nature, à table, chez lui, chez le médecin, etc. Le résultat est un documentaire d'utilité publique, aussi choquant qu'informatif, sorti en 2004 et intitulé *Supersize Me*. On voit Spurlock grossir à vue d'œil. Il gagne plus de 11 kg en 30 jours, endommageant sérieusement son foie et augmentant son cholestérol de 0,65 g par litre de sang.

Les médecins lui recommandent fortement d'arrêter, mais, déterminé à continuer son expérience, il parvient à son terme malgré les avertissements. Ce qui est sans doute le plus surprenant, ce sont les conséquences indirectes de cette alimentation déplorable : sa libido disparaît, son moral baisse, jusqu'à une véritable apathie extrêmement préoccupante. Par la suite, il mettra environ 14 mois à retrouver sa santé et son poids initial.

Le film a évidemment eu un retentissement planétaire. Montré du doigt par le monde entier, McDonald's a totalement supprimé ses menus Supersize, qui n'existaient qu'aux États-Unis, et a lancé ses fameuses nouvelles salades. Une énorme campagne publicitaire a également été menée pour tenter de faire oublier ce constat affligeant.

Et puis, surtout, vantant des repas à tarif imbattable, McDonald's a beaucoup misé sur ses prix pour s'en tirer sans trop de pertes. Le fait est que, finalement, bien manger et se cuisiner des petits plats est non seulement bien plus sain, mais aussi beaucoup moins cher.

Par la suite, le groupe a enregistré des déconvenues économiques considérables et enregistré des pertes sans précédent. Tout a donc été mis en œuvre pour donner une image positive, et le scandale *Supersize Me* a peu à peu été enterré.

En France, cela n'a jamais vraiment fait fuir la clientèle qui afflue de plus en plus dans les restaurants de la chaîne, toujours plus nombreux, et le géant américain n'a jamais fondamentalement changé la recette de son succès : du gras, du sel et du sucre, pour un cocktail explosif à éviter absolument.

17

Le pain et le vin, des valeurs pas si sûres

Dans un contexte de malbouffe en grande partie lié à l'influence des États-Unis, pays inventeur du fast-food et numéro un mondial pour le taux d'obésité, on a tendance à croire que, du point de vue alimentaire, ce qui vient de chez nous est nécessairement plus sain et sans risque.

Rien de tel que la bonne cuisine française, se dira-t-on en pensant qu'il s'agit d'une valeur sûre sur laquelle on peut compter quoi qu'il arrive. Mais les choses sont loin d'être aussi simples.

En effet, la cuisine française n'est pas mauvaise en soi, mais tout dépend qui la prépare et comment, et surtout avec quels ingrédients.

L'évolution de la tendance de l'agroalimentaire vers des produits de moindre qualité, vers des préparations de plus en plus grasses, salées et sucrées, et réalisées en usant de méthodes qui réduisent les coûts de production, mais qui ont des conséquences sur l'intégrité et la qualité du résultat, et donc sur la santé du consommateurs, n'a en effet pas épargné nos recettes nationales.

Les industriels et les restaurateurs cherchent toujours à augmenter leur marge, qu'il s'agisse de faire du fast-food ou des plats traditionnels français. Il faut donc, là aussi, être vigilant et connaître certaines pratiques honteuses qui sont tenues sous secret par les professionnels.

Où est passée la bonne vieille baguette ?

Pour commencer, prenons l'exemple emblématique de notre bonne vieille baguette de pain. Elle est vendue chez le boulanger, une profession traditionnelle par excellence et soumise à un cadre légal strict.

Selon le Code de la consommation et l'article L121-80 dénommé « Réglementation de l'appellation de boulanger et de l'enseigne de boulanger », pour utiliser la dénomination de boulangerie, les professionnels se doivent de pétrir leur pâte, de la fermenter, de la mettre en forme, de cuire le pain sur le lieu de vente.

Seuls les magasins où le pain est fabriqué de la sorte peuvent porter la mention « boulangerie » sur leur enseigne. Et cette appellation est réservée aux artisans professionnels : il faut avoir un CAP, un BEP ou avoir trois ans d'expérience dans la profession. Cela protège le boulanger face à la déferlante des grandes ou moyennes surfaces, et, pour le consommateur, c'est une garantie de qualité.

L'article L121-80 stipule que *« les produits ne peuvent à aucun stade de la production ou de la vente être surgelés ou congelés »*. La vente de toute baguette congelée ou surgelée est donc strictement interdite pour les boulangeries. Pourtant, la loi est loin d'être respectée. En effet, le temps de travail gagné en vendant du pain congelé est considérable et c'est devenu monnaie courante pour de nombreux boulangers peu scrupuleux.

L'article L121-82 du Code de la consommation précise que ce type d'infraction est un délit passible de deux ans d'emprisonnement et de 40 000 euros d'amende. Cette illégalité se constate par le service de répression des fraudes et les agents de la Direction générale de l'alimentation.

Du point de vue du consommateur, non seulement il ne s'agit pas de pain frais, ce qui est considéré comme un délit de tromperie si cela n'est pas précisé, mais le tort n'est pas seulement moral.

Le mode de préparation du pain a des conséquences sur sa saveur, sa consistance et son temps de conservation, mais ces baguettes congelées sont des produits fabriqués en masse par des industriels qui cassent les prix en réalisant un pain de piètre qualité à base d'ingrédients à moindre coût. Si la farine n'est pas bonne à la base, le pain n'aura en effet aucune chance d'être bon.

Toutes ces considérations ne concernent que le goût du pain, et c'est loin d'être le seul problème. Ce qui est nettement plus compromettant, ce sont les multiples risques sanitaires associés à la congélation, au transport et à la conservation du pain avant de le cuire. En effet, à chacune de ces étapes, le pain peut être exposé aux germes et moisissures en brisant la chaîne du froid, ce qui met en danger la santé du client. Sans parler bien sûr de la question de la traçabilité du produit qui n'est pas respectée.

Pourtant, elle est indispensable pour savoir ce que l'on mange, d'où cela provient, et à quelle date cela a été produit. Quoi qu'il en soit, ce type de fraude est de plus en plus fréquent, et nous sommes sans cesse exposés au pain congelé, que cela soit en moyennes et grandes surfaces ou chez des boulangers aux pratiques frauduleuses.

Fraudes dans le vin

L'autre grande fierté de la France, c'est le vin. Bien qu'il soit le fruit d'une longue et belle tradition, il faut là aussi être sur ses gardes lorsqu'on en achète. Le secteur vinicole n'est en effet pas exempt d'arnaques. Lorsqu'on achète une bonne bouteille française, on n'obtient pas toujours ce que l'on croit.

Récemment, deux scandales ont éclaté en Bourgogne : à Beaune, il s'agissait d'une gigantesque fraude aux AOC, et à Nuits-Saint-Georges, la tricherie était encore pire. En effet, entre 2005 et 2009, la maison Labouré-Roi, troisième négociant en vins de Bourgogne et éleveur réputé, a vendu plus de deux millions de bouteilles avec des étiquettes ne correspondant pas au contenu.

La maison a également créé des excédents en trichant sur les quantités de vin manquant naturellement dans les tonneaux pendant l'élevage (la « part des anges »), et en comblant ces manques avec des vins de table. Enfin, des vins coupés ont été mis en bouteilles, et des médailles qui n'existaient pas auraient été apposées sur des étiquettes pour des produits qui n'avaient pas obtenu de prix.

Grands crus, premiers crus ou appellations village, l'ensemble de la production de la maison de négoce nuitonne est concernée. Lorsqu'un négociant en vins triche de la sorte, c'est, en plus des consommateurs, toute une chaîne de distribution qui en subit les conséquences, en France comme à l'étranger, et dont la réputation se voit entachée.

Ce type de fraude n'est pas nouveau et il n'est pas rare non plus, même si tous les professionnels du secteur prennent des airs étonnés chaque fois qu'une affaire éclate au grand jour. On peut alors se demander si réellement ce sont des cas isolés ou si l'industrie vinicole est en bonne partie touchée et tenue au silence.

Du côté de la restauration, les professionnels ne sont pas toujours plus consciencieux. Considérés comme des gardiens de la tradition culinaire française, ils n'hésitent pourtant pas à tricher avec la nourriture qu'ils servent. Compte tenu des dizaines de milliers de restaurateurs revendiqués comme clients par les industriels spécialisés dans l'élaboration de plats cuisinés, on peut en effet estimer que près de 70 % des restaurateurs français ont une carte composée totalement ou partiellement de plats industriels prêts à servir, c'est-à-dire à réchauffer ou pas, sous vide, en conserve ou surgelés.

En 2011, le gouvernement a réagi et proposé une loi qui a fait hurler l'union des restaurateurs : il s'agissait de signaler sur la devanture des restaurants ceux qui préparaient intégralement sur place la nourriture qu'ils servaient.

Face au nombre ridicule d'établissements représentés, on avait ensuite proposé d'ouvrir ce premier cercle à ceux qui préparaient au moins les trois quarts de leurs plats dans leurs cuisines.

Mais le pourcentage représenté aurait encore été trop faible, puisqu'une grande majorité de ces restaurants ne servent pas une cuisine fraîche du jour (elle présente les mêmes caractéristiques détestables – trop de sel, trop de sucre – que ceux vendus en grande surface). Ce secret de polichinelle volerait en éclats avec cet affichage et mettrait à mal l'un des bastions de l'orgueil français.

L'Assemblée nationale a tout de même fini par voter cette loi ordonnant la précision des conditions d'élaboration des plats dans le secteur de la restauration en 2011. En effet, les consommateurs sont désormais de plus en plus soucieux de la qualité de leur alimentation et souhaitent en particulier disposer d'une information claire leur permettant de savoir si les plats qui leur sont proposés ont été ou non confectionnés sur place et basés sur des produits frais.

Mais, outre la dénonciation des restaurateurs ne jouant pas franc jeu, une telle mesure permet également de valoriser la cuisine faite sur place et le travail des restaurateurs qui s'attachent à maintenir un haut degré de la gastronomie française.

Les modalités d'information des consommateurs par les personnes ou entreprises qui transforment ou distribuent des produits alimentaires ne sont cependant toujours pas claires, et la loi n'est, de fait, toujours pas appliquée. L'objectif, à terme, est de permettre la distinction entre plats réalisés à partir de produits frais et plats réchauffés pour qu'elle soit visible d'un coup d'œil, par le biais d'un astérisque.

On attend toujours de voir le résultat sur la carte des restaurants, en espérant qu'ils joueront le jeu. Mais, en voyant ce qui se passe du côté des boulangeries qui trompent de façon éhontée leur clientèle sans sanction, on peut douter de l'efficacité de cette nouvelle mesure.

Il est également intéressant de se pencher du côté de la restauration collective, qui, à juste titre, a bien plus mauvaise réputation que tout autre type de restaurant. Les cantines sont partout : dans les entreprises, les établissements scolaires et universitaires, les prisons, les hôpitaux, les maisons de retraite... À tout âge de la vie, on peut être amené à y manger.

Et les cantines ?

La situation la plus inquiétante est sans le moindre doute celle des États-Unis, où les cantines scolaires défraient la chronique depuis de nombreuses années en raison de la nourriture déséquilibrée, trop grasse, trop sucrée et salée qu'elles proposent. Les jeunes enfants sont exposés à tous les excès et à toutes les carences, sortent de table en ayant trop mangé, mais ont faim deux heures plus tard, et leur croissance et leur développement physiques en pâtissent nettement.

On a bien essayé, outre-Atlantique, de changer les choses en imposant qu'il y ait chaque jour au menu au moins un légume ; le problème est ce que l'on entend par là. En effet, la pizza est légalement considérée comme telle, sous prétexte qu'elle est composée de 15 % de sauce tomate !

On a beau montrer du doigt les Américains, nous n'avons pas vraiment de quoi nous vanter en France. Certes, notre cas est loin d'être aussi désastreux, mais les cantines scolaires sont, chez nous aussi, réputées pour leur cuisine de piètre qualité, respectant rarement l'équilibre alimentaire et les règles de diététique élémentaires.

De plus, elles ont épongé par le passé de tels scandales sanitaires tels que la vache folle, la listériose et autres que leur image en a pris un coup.

Les grandes entreprises de restauration collective ne sont en effet pas toujours très regardantes sur la traçabilité des produits et l'hygiène, et cela a été dévoilé au grand public lorsque des enfants sont tombés malades en mangeant de la nourriture contaminée. L'État s'est donc vu obligé de prendre une série de mesures (qui sont encore loin d'être appliquées partout) pour s'assurer qu'une telle débâcle ne se reproduise pas.

Au-delà des problèmes liés à l'hygiène de ces établissements, ce que l'on reproche aujourd'hui aux cantines scolaires et universitaires, c'est le manque de produits frais, le choix des menus quasi inexistant, la piètre qualité des ingrédients et leur préparation (adjonctions aberrantes de sel et de graisses) réalisée le plus souvent par des personnes qui n'ont aucune formation en cuisine et nutrition.

Ce sont nos enfants qui avalent cette nourriture déséquilibrée, d'origine industrielle, et qui se plaignent chaque jour du fait qu'à la cantine, « ce n'est pas bon », car le goût n'est pas là non plus. L'un des principaux problèmes est le manque de variété des menus.

Certes, les cantines françaises ont plutôt tendance à servir des plats français et non du fast-food américain, mais les nouilles au fromage râpé et le steak haché-frites sont la base des repas et sont bien trop récurrents.

Les enfants ne découvrent rien de la gastronomie française, car ils mangent toujours la même chose. De plus, les produits sont le plus souvent de piètre qualité, et ces plats n'ont rien d'équilibré : ainsi, leurs corps en pleine croissance multiplient les carences.

Si l'école est un lieu d'éducation, il devrait aussi être un lieu d'éducation du goût. Il n'est pas normal que les jeunes Français soient incapables de nommer des légumes (en dehors des carottes et des tomates), des fruits (à l'exception des oranges et des pommes), qu'ils ne connaissent le poisson que sous sa forme panée, etc.

Ce qui est le plus honteux, c'est qu'en additionnant les subventions de l'État et les sommes versées par les parents, un repas à la cantine scolaire coûte entre 7,50 et 10,50 euros en moyenne. Avec un tel budget, il est possible de faire énormément de choses : on peut varier les ingrédients davantage et ne pas se contenter de produits industriels frits à l'avance.

Les professionnels vous rétorqueront que les jeunes n'aiment que le steak-frites et les nouilles au beurre, et qu'il est inutile de se fatiguer à cuisiner différemment, car cela finirait à la poubelle.

Pourtant, l'expérience a été tentée par Jean-Pierre Coffe dans les restaurants universitaires et par Cyril Lignac dans les cantines d'écoles, et elle a été probante : non seulement ils sont parvenus à réaliser des repas plus équilibrés, plus sains, plus nourrissants et plus variés en conservant le même budget, mais ils ont également pu voir que les enfants étaient ravis et devenaient curieux à table. Ils veulent goûter de nouveaux plats et oublier la malbouffe pour savourer des recettes de chez nous, cuisinées avec de beaux produits de saison, sans abuser du sel, du sucre et des graisses.

Ces enfants pleins d'énergie grâce à leur alimentation ne peinent plus à tenir éveillés après le repas, se concentrent mieux et, à long terme, leur organisme en profite et se développe sans carences.

Cependant, ce type de cantine idéal tient du rêve, car la restauration collective reste un excellent moyen de faire des marges difficiles à vérifier et à quantifier, et donc de s'enrichir sur le dos des consommateurs, à plus forte raison si, comme les enfants dans les écoles, les personnes âgées dans les maisons de retraite, les malades dans les hôpitaux, les détenus, ainsi que les couches de la population les plus pauvres, ils sont vulnérables ou ne peuvent pas se défendre.

18

Le halal a-t-il envahi les étals ?

On trouve de plus en plus de produits certifiés « halal » dans les rayons de nos magasins, sans pour autant savoir exactement ce que cela signifie. Mais il arrive à chacun d'entre nous d'en consommer également sans le savoir. Marine Le Pen a mis les pieds dans le plat et lancé la polémique récemment, insistant sur la « menace » de se voir présenter une viande halal sans en être conscient, déclarant que la viande « *distribuée en Île-de-France était exclusivement halal, à l'insu du consommateur et que tous les abattoirs d'Île-de-France vendent du halal, sans exception* ».

Ces propos, abondamment relayés par la presse, n'ont pas tardé à faire réagir la classe politique, mais aussi les professionnels du secteur de la viande. « *C'est absolument faux* », a rétorqué Claude Guéant, alors ministre de l'Intérieur avant de poursuivre : « *Il y a en Île-de-France des abattoirs qui sont habilités à faire des abattages selon le rite et qui sont destinés à une consommation spécifique, identifiée comme telle. Les services vétérinaires veillent à ce que les abattoirs acheminent leur production halal vers le public qui souhaite consommer halal. Il y a des contrôles fréquents pour éviter qu'il y ait tromperie sur la marchandise.* »

De plus, des études montrent que la majorité de la viande proposée à la vente dans les grandes enseignes comme Carrefour, Auchan ou encore Leclerc provient des régions d'élevage comme la Normandie, la Bretagne et les pays de la Loire. Nicolas Sarkozy, en déplacement au marché de Rungis, a rétorqué que : « *La polémique n'a pas lieu d'être. On consomme chaque année en Île-de-France 200 000 tonnes de viande et il y a 2,5 % de viande casher et halal.* »

Mais Marine Le Pen maintient ses propos. Selon elle, « *on ment aux Français. Il ne s'agit pas d'une polémique mais d'un problème fondamental dont il a d'ailleurs été saisi il y a de nombreuses années, sur lequel il avait pris des engagements extrêmement clairs qu'il n'a pas tenus* ».

Aujourd'hui, le débat n'est pas enterré, et bon nombre de Français ne savent toujours pas quoi penser de la viande qu'ils consomment. Alors, au-delà des déclarations de la sphère politique, qu'en est-il réellement de cette affaire ? Les petites et grandes surfaces vendent-elles de la viande halal sans en informer leurs clients ?

Pour commencer, il est primordial d'apporter quelques explications sur cette coutume et ce qu'elle implique vraiment, et de lever également le voile sur le rite casher, au fondement de nombreux fantasmes.

Dans l'Islam, le mot *halal* définit ce qui est permis pour le musulman, et *haram*, ce qui est un péché et ce qui est sacré, et qui lui est donc interdit. Pour être considérée comme halal, la viande doit provenir d'animaux ayant été abattus selon un rituel précis, appelé *dhabiha*. Ce rite ressemble beaucoup au rite casher pratiqué par les juifs, appelé *shehita*. Dans les deux cas, l'abattage consiste entre autres à trancher la veine jugulaire, l'artère carotide, l'œsophage et la trachée d'un seul geste continu au moyen d'un couteau effilé ne présentant aucune encoche, sans étourdir l'animal au préalable. La défaillance d'un seul de ces critères rend la viande impropre.

La bête dont la gorge a été tranchée est suspendue la tête en bas de façon à ce qu'elle se vide de son sang. Après cela, la carcasse doit être vérifiée, afin de s'assurer que l'animal n'était pas atteint d'un défaut qui aurait entraîné sa mort naturelle au cours de l'année, et rendrait sa mort par abattage douteuse, et donc impropre.

Les parties interdites à la consommation, comme le suif et le nerf sciatique, doivent ensuite être retirées. La viande obtenue de cette manière ne présente aucun danger pour la santé ; elle est parfaitement propre à la consommation. S'il n'y a pas de risque, alors, pourquoi y aurait-il polémique ?

Mensonges sur la viande

Ce qui pose problème, c'est le lot de mensonges qui entoure la viande consommée par tout un chacun au quotidien, et dont la méthode d'abattage n'est pas précisée au consommateur.

En effet, pour des raisons économiques, de la viande provenant de bêtes tuées selon le rituel halal se retrouve dans les réseaux de vente normaux, et par conséquent dans nos assiettes à notre insu.

« 100 % des abattoirs d'Île-de-France ne font que du halal. » Ce pourcentage, donné par Marine Le Pen, a frappé les esprits. Il est exact, mais à mettre en perspective, car il n'y a que quatre abattoirs dans la région, peu au regard des 278 abattoirs de France. 40 % d'entre eux ne pratiquent jamais d'abattages rituels. Les autres font à la fois du rituel et du « conventionnel ».

On a beaucoup entendu que 32 % des animaux en France étaient abattus selon le rite halal. Mais ce chiffre est, cette fois encore, à relativiser. En fait, si on détaille par espèce, 12 % des bovins, 20 % des volailles et 46 % des ovins sont abattus rituellement.

Ce sont donc les moutons qui font remonter le chiffre final. Mais il est logique qu'ils soient tués selon le rite, puisque les musulmans en consomment massivement. Cependant, au regard du nombre de consommateurs musulmans potentiels (8 % de la population), on abat quand même trop de bœufs et de poulets selon le rituel halal.

L'explication est purement économique : cet abattage, lorsqu'il est pratiqué de manière industrielle, coûte moins cher, parce qu'il nécessite moins d'opérations.

L'abattage halal est censé n'être qu'une dérogation, au nom du respect du culte, au décret de 1964 qui impose l'étourdissement de la bête avant sa mise à mort.

Au 1er juillet 2012, la législation s'est cependant durcie. Une autorisation du préfet est à présent nécessaire pour abattre selon le rite, et la dérogation doit correspondre à des commandes commerciales pour éviter l'excédent de production.

Mais qu'est-ce qui dérange les Français ? Pourquoi auraient-ils peur de manger cette viande sans risque pour leur santé ? Le premier problème, d'ordre moral, c'est qu'on leur ment par omission en ne précisant pas la méthode d'abattage des animaux, mais on est en droit de penser que, si l'affaire n'avait pas de rapport avec les sujets sensibles de la religion et de l'immigration en France, personne n'en ferait cas.

Une autre considération du même ordre concerne les animaux et leurs souffrances. En effet, la méthode d'abattage halal est considérée par certains comme plus cruelle ou plus risquée pour la santé que la méthode classique. Selon eux, le consommateur devrait donc, à ce titre, en être informé et libre de choisir la méthode d'abattage de la viande qu'il consomme.

Cette question n'est pas de mise dans les pays d'Europe du Nord, où l'étourdissement, considéré comme « réglementaire », est pratiqué avant l'abattage rituel musulman.

Professionnellement parlant, cet abattage soulève des questions également : si on suit le rituel halal, le sacrificateur doit être musulman, ce qui pose un problème de discrimination à l'embauche pour les candidats non musulmans.

Enfin, le dernier problème concerne la tarification de cette viande : une rémunération de 10 à 15 centimes le kilogramme de viande est prélevée au titre de la certification.

En France, des arrêtés publiés en 1994 et 1996 ont agréé respectivement la mosquée de Paris, puis la mosquée d'Évry et la grande mosquée de Lyon en tant qu'organismes religieux habilitant des sacrificateurs autorisés à pratiquer le sacrifice rituel et à percevoir la taxe liée à la certification.

Le consommateur paye cette rémunération sans en être averti, et n'a de toute façon pas la possibilité de refuser, qu'il soit ou non demandeur de cette certification, ce qui soulève un problème de respect des libertés individuelles, a fortiori dans des pays sécularisés comme la France.

En bref, pas de scandale sanitaire quel qu'il soit dans l'affaire de la viande halal, mais un argument instrumentalisé par le Front national pour gagner des voix en période d'élections en jouant sur les mots et sur l'islamophobie rampante en France.

La question a d'autant moins lieu d'être que la récente loi de juillet 2012 vise précisément une restriction de la pratique, utilisée à des fins économiques par les industriels, afin que l'excédent de production qui avait cours jusqu'ici soit résolu.

Ironie du sort, le problème inverse, lui, existe bien. De la nourriture soi-disant halal trouve sa place dans les rayons des supermarchés et commerces de toutes sortes sans pour autant être réglementaire. Il y a là une tromperie bien plus nette du consommateur.

En effet, la plupart des chefs de la communauté musulmane et les experts français estiment que pas plus de 5 à 10 % de la viande vendue en France sous l'étiquette « halal » l'est réellement : *« Entre 90 et 95 % de la viande vendue dans des boucheries musulmanes n'est pas halal »*, estime un expert du ministère de l'Agriculture. *« Un boucher achète un mouton qui a été tué rituellement sous la supervision d'un musulman, et l'accroche bien en évidence à la devanture de sa boutique, avec son timbre bleu et vert ; mais tout le reste de la viande qu'il vend dans son magasin provient du marché en gros de Rungis, et n'est certainement pas halal. »*

Larbi Kechat, recteur de la mosquée Ad Dawa, l'un des plus grands lieux de culte musulman de Paris, connu sous le nom de mosquée de Stalingrad, admet qu'un *« très grand pourcentage de magasins vendent de la viande qui n'est pas vraiment halal, parce que tout le monde sait que l'Islam rapporte de l'argent. Ces gens veulent s'enrichir à n'importe quel prix* ».

Ahmet Bakjan, secrétaire général de l'Union islamique de France, qui supervise l'une des deux petites mosquées turques du faubourg Saint-Denis, à Paris, prétend que, dans cette rue pleine de boucheries dites musulmanes, on ne peut pas trouver de viande halal, spécialement dans les boucheries turques. « *Je connais personnellement,* raconte Ahmet Bakjan, *un boucher turc qui a mis "Boucherie musulmane" sur son enseigne pour gagner plus d'argent.* »

Paradoxalement, produite en trop grandes quantités, la viande halal se retrouve ainsi dans les rayons des commerces généralistes sans être signalée, et elle est donc consommée par des non-musulmans, et n'est pas consommée par les musulmans qui ne peuvent pas le reconnaître.

Le trop-plein de viande halal ne sert donc même pas à la communauté qui en a besoin et qui aura ainsi parfois l'impression de n'avoir aucune option halal qui s'offre à elle. Et il est vrai qu'au nom de la laïcité, il peut s'avérer difficile pour un Français juif ou musulman de manger des aliments conformes aux préceptes de leur religion.

À l'hôpital et dans de nombreuses institutions publiques, au nom de la laïcité, il n'est en effet pas encore possible de trouver des options halal. Un comble lorsqu'on connaît le nombre de produits halal circulant en France, et lorsqu'on regarde le secteur privé qui a depuis longtemps sauté le pas.

Les compagnies aériennes, par exemple, proposent des menus halal depuis de nombreuses années, conscientes qu'elles sont de la demande que cela représente de la part de leur clientèle.

Dans la restauration, le même problème se pose : qu'il s'agisse de restaurants ou de cantines d'entreprise, il sera quasi impossible de trouver du halal.

La seule possibilité sera de se tourner vers des commerces spécialisés, le plus souvent des fast-foods de type kebab, ce qui crée une véritable ségrégation communautaire et religieuse.

Dans les cantines des écoles, la question reste entière. À titre d'exemple, sur les 8200 repas servis chaque jour dans les restaurants scolaires gérés par la mairie de Strasbourg, 1750 sont halal actuellement, mais ils pourraient être remis en cause.

« Sous ma présidence, rien ne sera toléré en termes de présence de viande halal dans les cantines de nos écoles », avait déclaré François Hollande lors du débat télévisé de l'entre-deux-tours présidentiel.

Mais le maire de la ville, Roland Ries, semble opposé à la mesure de suppression. *« François Hollande l'a dit, certes, mais j'attends de voir comment il veut concrétiser ça. Tant qu'il n'y aura pas de loi, nous maintiendrons le dispositif,* confie l'édile socialiste. *Il faudra qu'il propose des éléments concrets. On ne pourra pas juste avoir un menu classique et un autre végétarien* [lequel n'offre pas l'équilibre alimentaire nécessaire aux enfants]. »

En outre, estime Roland Ries, *« la question de la laïcité ne veut pas dire que tout le monde doit manger la même chose, mais qu'il faut respecter les orientations des uns et des autres »*. La raison principale de cette interdiction souhaitée par le nouveau président socialiste est la peur que provoque le halal en France.

Ainsi, plutôt que d'éduquer la population et de rassurer quant à la qualité de cette viande sans danger, on préfère couper court au débat et condamner les Français musulmans à manger un repas déséquilibré s'ils tiennent à respecter leurs croyances.

Lorsqu'on sait qu'il s'agit d'enfants en pleine croissance, on peut trouver cette décision extrêmement inappropriée. Reste à voir si, dans un tel climat d'intolérance, le halal continuera à faire son chemin en France ou s'il est condamné à voir sa production réduite, alors que la part de la population de confession musulmane n'a jamais été aussi importante.

19

Le scandale du « recyclage » alimentaire

Le secteur de l'agroalimentaire ne cesse de multiplier les affaires liées au « recyclage » des aliments, un scandale rampant dans cette industrie, car il est largement pratiqué, dans la plupart des cas au grand jour et en toute impunité. Il peut survenir lors de la distribution ; on parlera alors de « remballe », lorsque des aliments périmés sont remballés par un commerce en toute légalité.

Il paraît improbable que la loi autorise de telles pratiques, et pourtant, les distributeurs peuvent le faire sans craindre d'être inquiétés, car ils en ont techniquement le droit. Non seulement le consommateur est pris pour un imbécile, mais sa santé est mise en danger par des produits dont la date d'expiration a été repoussée simplement en jouant avec des étiquettes.

Le « recyclage » alimentaire peut également avoir lieu au stade de la production, ce qui est jugé beaucoup plus grave et sévèrement puni par la loi. Une récente affaire en Italie a d'ailleurs fait beaucoup de bruit puisque des aliments largement avariés comme des œufs ou du fromage étaient récupérés, « traités » au chlore pour dissimuler l'odeur qui s'en dégageait (des milliers d'asticots flottaient à la surface du mélange) avant d'être incorporés dans la fabrication de nouveaux produits commercialisés localement et dans trois autres pays : l'Angleterre, l'Allemagne et l'Autriche.

Dans ce cas précis, de très lourdes sanctions pénales ont été appliquées. Alors, pourquoi la justice ferait-elle deux poids deux mesures ? Commençons par voir en détail ce qu'est le recyclage alimentaire, où il a lieu et de quelle manière, et quels sont exactement les risques pour notre santé.

Le fait de réutiliser des aliments périmés pour les transformer est une chose, mais les réutiliser tels quels en est une autre. Lorsqu'on ne fait que les remballer dans une nouvelle barquette, on peut tout à fait changer la date de péremption. Cette pratique scandaleuse est fréquente dans toutes les grandes surfaces.

Mais, ce qui est le plus choquant, c'est le fait que ce procédé soit tout à fait autorisé. En effet, sur le plan légal, il est inattaquable, mais il ne l'a pas toujours été. Jusqu'en 1992, l'arrêté ministériel du 18 juillet 1977, modifié par l'arrêté ministériel du 28 décembre 1984, précisait que « *le reconditionnement des viandes est interdit* ».

Le 17 mars 1992, un nouvel arrêté a abrogé le précédent. Et, comme la remballe n'apparaissait plus nulle part, elle s'est retrouvée de fait autorisée. On peut se demander pourquoi changer cette loi. En réalité, ce nouvel arrêté a légalisé une pratique généralisée.

À force d'être tripotés par des centaines de mains, beaucoup d'emballages finissent par rendre l'âme et doivent être changés. Si le conditionnement d'origine a été exécuté par le magasin, alors, il peut le renouveler à volonté. Pas question, donc, de toucher aux produits de marque, mais toutes les viandes, tous les plats préparés, barquettes de fromage à la découpe et autres produits frais sont touchés.

Le scandale de la remballe

Enfin, aucune limite chiffrée n'est donnée par la loi, ce qui revient à autoriser les grandes surfaces à reconditionner leurs articles à volonté. Pour ce qui est du cadre légal de la remballe, une autre notion capitale à prendre en compte est celle de la date limite de consommation, car c'est là le cœur du problème.

Un cadre légal existe bien : la directive de 1993 précise que la date limite de consommation est fixée par l'emballeur et sous sa responsabilité. Si l'emballeur revend la viande à un commerçant, ce dernier n'a pas le droit de la modifier.

Mais cette directive est facilement contournable si l'emballeur est le commerçant, comme c'est le cas dans la grande distribution, où les hypermarchés et certains supermarchés ont leur propre atelier de découpe et d'emballage.

Dans ce cas-là, la date peut être changée. En comptant sur le professionnalisme du boucher, victime des pressions qu'exerce sur lui la direction de son magasin, la loi pousse au crime. Il n'est même pas nécessaire d'avertir le consommateur si l'emballage a reçu une modification totale ou s'il a été ré-étiqueté. On pourrait croire à une mauvaise plaisanterie, mais ce vide juridique est une réalité et il a permis plus d'une fois de disculper des commerçants aux pratiques infâmes.

Ce fut notamment le cas à la fin des années 1990, lors du procès du directeur du supermarché Tac de Ferrières-en-Bray en Seine-Maritime. Pour la première fois, un commerçant était en effet jugé pour un tel fait. Les médias se sont saisis de ce nouveau scandale de la remballe : « *C'est d'une arnaque sans précédent qu'est saisie la justice d'Amiens. Un supermarché recycle la viande en prolongeant la date limite de consommation. Ça s'appelle la "remballe", un sport pratiqué à l'échelle nationale* », écrivait l'hebdomadaire *L'Événement du jeudi*[1].

Deux numéros plus tard, il insistait : « *Depuis septembre 1994, un document interne de Mammouth organisait la "remballe" de la viande en trafiquant les dates limites de consommation.* »

À son tour, l'Institut national de la consommation reprenait le même thème : « *Remballer de la viande périmée dans de jolies barquettes neuves, avec une nouvelle date limite de consommation : cette pratique, évidemment interdite, était pourtant monnaie courante dans le supermarché Atac de Ferrières-en-Bray*[2] ».

En réalité, rien de tout cela n'a pu être retenu contre le directeur du magasin qui a été lavé de tout soupçon, du moins aux yeux de la justice. Du côté du public, l'affaire a tout de même eu des conséquences. Non seulement les clients du supermarché ont été choqués d'apprendre que de telles pratiques y avaient cours, mais la nouvelle a été largement relayée dans tous les médias, et les Français ont donc été avertis dans leur ensemble.

Cette information a choqué l'opinion publique, mais pas autant que la suivante : lorsque le directeur du magasin a été disculpé, la colère a pris le dessus. Se sentant victimes

1. 8 au 14 mai 1997.
2. *INC Hebdo*, mai 1997.

d'un système malsain et pris pour des imbéciles, beaucoup de Français ont perdu toute confiance dans les grandes chaînes de distribution. Survenant quelques mois après l'affaire de la vache folle, le scandale du reconditionnement a fait très mal à leur réputation.

Après l'affaire du supermarché Atac de Ferrières-en-Bray, la grande distribution a fait le gros dos. Seule la Fédération des entreprises du commerce et de la distribution a tenté de tirer les leçons de cette mésaventure en souhaitant que la date limite de consommation ne soit pas prolongée. Elle a demandé *« à l'Administration de repréciser cette obligation »*, ce que l'on attend toujours.

Pas besoin, donc, de « maquiller » les aliments pour pouvoir les vendre au-delà de leur date limite de consommation. Il suffit de les remballer et de modifier la date à volonté.

À moins d'un cas sanitaire gravissime faisant jurisprudence à l'avenir, la justice française ne verra aucun mal à cela et ne condamnera pas l'accusé, estimant qu'il est par définition de bonne foi et qu'il ne fera rien qui aille à l'encontre de valeurs morales telles que l'honnêteté.

C'est malheureusement faire preuve de beaucoup d'hypocrisie, car il est évident que les industriels ne sont pas des philanthropes et qu'il y a au contraire de très grandes chances pour que l'honnêteté soit le cadet de leurs soucis. La concurrence faisant rage, l'objectif unique est la progression du chiffre d'affaires.

Soyez donc toujours vigilant lorsque vous achetez des produits frais emballés au supermarché, et recherchez la date de fabrication du produit. Si elle est indiquée, vous aurez une meilleure idée de la traçabilité du produit et vous pourrez mieux juger de sa fraîcheur. Si elle est manquante, il va falloir alors soit faire une totale confiance à celui qui vous le vend, soit passer votre chemin et acheter votre nourriture ailleurs.

Du fromage fondu à base de fromage pourri

Considéré comme bien plus grave que la remballe, le recyclage alimentaire pur et dur est un tout autre problème. Il survient après la production, mais avant la commercialisation. Lorsqu'un produit est périmé avant même d'avoir été commercialisé, les industriels ont deux possibilités : soit ils jettent ce surplus de production et font donc face à un lourd manque à gagner, soit ils sont totalement amoraux et décident de réutiliser ces produits, bien qu'avariés, pour en faire d'autres.

Une phase de transformation industrielle va donc être ajoutée après la production du produit et avant sa mise en circulation sur le circuit de la distribution. Par exemple, un fabricant de fromage utilisera son surplus avarié en lui donnant une nouvelle jeunesse purement cosmétique et en le mélangeant à d'autres produits. Ainsi, il pourra faire des tranches de fromage fondu à partir de plusieurs meules en décomposition.

C'est exactement ce qui s'est produit en Italie et a été révélé au public en 2008 : après deux années d'enquête, la police italienne a mis fin à un juteux trafic de fromage avarié. Au total, 11 000 tonnes de fromage périmé ont été revendues par 40 sociétés (italiennes, britanniques, allemandes et autrichiennes) à 3 sociétés italiennes et une allemande, toutes dirigées par un homme d'affaires sicilien.

Ce businessman peu scrupuleux utilisait ensuite le produit avarié dans la fabrication de mozzarella, de gorgonzola et d'autres fromages vendus partout en Europe. Les fromages pourris contenaient des vers, des crottes de souris et même des résidus de fer et de plastique d'emballage.

Le rapport des enquêteurs indique que certaines entreprises, comme la marque Galbani, principal exportateur de fromage italien, vendaient leurs produits impropres à la consommation, mais rachetaient également la pâte recyclée. Les 4 entreprises de recyclage auraient réalisé un chiffre d'affaires de 10 millions d'euros. La police a finalement arrêté trois personnes qui ont été sévèrement punies.

Le scandale a fait rage à l'annonce de cette information grave qui entachait durement le secteur agroalimentaire européen. Ces pratiques ne sont en effet pas inoffensives pour la santé, selon le juge italien qui a dirigé l'enquête. « *L'altération et la contrefaçon de substances alimentaires laitières et fromagères les ont rendues dangereuses pour la santé publique* », a écrit Francesco Messina.

Ce scandale est venu s'ajouter à la crise des déchets de Naples, pendant laquelle plusieurs pays européens mais aussi asiatiques ont suspendu temporairement l'importation de mozzarella à cause du taux anormalement élevé de dioxines dans le lait des bufflonnes.

La principale préoccupation du public français était de savoir si ces produits avaient circulé dans l'Hexagone. Les autorités françaises, au ministère de l'Agriculture, n'ont toujours pas pu donner de réponse claire à cette question, mais ne se sont jamais gênées pour critiquer vertement leurs homologues transalpins.

« *La France a demandé des précisions à l'Italie et à la Commission européenne. Des investigations sont toujours en cours pour savoir si ces fromages, fabriqués à partir de lots avariés, ont été ou non vendus en France. On ne peut pas le savoir pour l'instant, car les autorités italiennes n'ont pas averti la Commission européenne, alors que c'est obligatoire* », ont-elles déclaré.

Un responsable du réseau d'alerte alimentaire de la Commission européenne a confirmé que « *les Italiens avaient omis de signaler le problème* ». Bref, la France a fait l'autruche et a préféré pratiquer la langue de bois, laissant passer le scandale et faisant tout pour faire oublier le fait qu'elle ait pu laisser se produire des faits aussi graves.

En effet, au même moment, les autorités françaises avaient décidé de retirer du marché des lots de fromage italien ricotta, en indiquant « *aux personnes présentant de la fièvre ou des maux de tête après en avoir consommé de le signaler à leur médecin* », en raison de la présence de listeria à des taux élevés. Mais, selon le ministère de l'Agriculture, « *ces deux affaires ne sont pas liées. C'est une coïncidence* ». Coïncidence ou non, il valait mieux se faire tout petit en attendant que la vague de scandales passe.

Heureusement, selon le rapport d'enquête italien, aucun cas de contamination humaine n'aurait été détecté, mais on peut douter de la fiabilité de cette information étant donné l'ampleur du réseau de transformation de produits avariés.

L'autre élément embarrassant, c'est le temps qu'il a fallu à la police italienne pour mener son enquête : deux années entières passées à laisser, en toute connaissance de cause, les entreprises concernées agir à leur guise pour pouvoir enfin arrêter les responsables.

Si le secret est obligatoire dans une infiltration policière, il semble cependant que deux ans à laisser s'écouler des produits dans un état horrifiant, lavés au chlore et transformés, en connaissant les risques pour la santé, c'est bien trop long.

Comment a-t-on pu laisser cette marchandise circuler sans rien faire, sans rien dire pendant si longtemps ? La corruption, en Italie, est telle qu'il ne va jamais de soi d'arrêter des membres de la mafia. C'était le cas de l'homme d'affaires à la tête du scandale italien, qui aura certainement su comment retarder son inculpation.

Alors, pourquoi avoir pris des sanctions exemplaires dans cette affaire alors qu'en France, les pros de la remballe agissent en toute impunité ? Concrètement, le résultat est le même : la date de péremption est dépassée, et le producteur et le commerçant trouvent une combine pour la reporter, vendant ainsi un produit avarié à un consommateur qui n'en a pas la moindre idée.

Mais le procédé est différent, et le cadre juridique l'est aussi. D'un côté, on a une affaire de remballe dans un cadre légal français des années 1990, de l'autre, un réseau de transformation illégale de produits avariés à travers l'Europe, tombant sous la juridiction européenne dans les années 2000.

La loi concernant la traçabilité au niveau européen a été révisée en 2002. Elle vise à standardiser la législation en matière de denrées alimentaires dans l'UE, et à l'appliquer à toutes les entreprises de la chaîne alimentaire. Elle exige un historique complet des denrées alimentaires à toutes les étapes de la production, de la transformation et de la distribution. La moindre infraction à ce règlement, si elle est découverte, peut coûter très cher.

Voilà donc pourquoi ces deux procédés, bien qu'aussi répugnants l'un que l'autre et ayant les mêmes effets sur la santé des consommateurs, ont été traités de manières aussi différentes. Les deux affaires ont lourdement atteint la confiance du public dans les grandes surfaces et les circuits industriels de production et de distribution.

De plus en plus, les Français veulent retrouver une alimentation saine sans laisser les magnats de l'agroalimentaire s'enrichir sur leur dos. C'est pourquoi un grand nombre de petits producteurs tentent à nouveau leur chance aujourd'hui, et plusieurs réseaux de production et de distribution alternatifs ont été créés pour permettre aux consommateurs bénéficiant d'un système plus transparent, au nombre d'intermédiaires réduit, de mieux choisir ce qu'ils mangent.

En conclusion

Mais alors, que faire ?

Connivence entre les responsables de la sécurité sanitaire et tenants de l'agroalimentaire, pratiques abusives à tous les niveaux de la chaîne de production, sur presque l'ensemble des produits de grande consommation, en France et sur le reste du globe, le monde de l'agroalimentaire fait peser sur nos épaules de graves risques pour notre santé.

Que ce soit les cultures de fruits et légumes pleines de pesticides ou les porcs, les bœufs, les volailles et les poissons gavés, entre autres, d'antibiotiques pour leur permettre de survivre à leurs conditions d'élevage scandaleuses, ou engraissés avec de la nourriture inadaptée et frauduleuse, tout cela met au final en danger la santé humaine, à court, moyen et long termes.

Ces pratiques favorisent le développement de bactéries féroces, qui s'attaquent de plus en plus frontalement au système immunitaire humain. On n'a qu'à songer au bacille *E coli*, qui a défrayé la chronique récemment en se développant dans des pousses de soja.

Les industriels de l'agroalimentaire, Monsanto en tête, tentent depuis des décennies de développer des plans et semences transgéniques, soi-disant résistants aux bactéries et autres éléments qui attaquent les cultures, mais ils se révèlent encore plus dangereux pour la santé humaine.

Les dangers sanitaires ne se limitent pourtant pas aux modes de production intensifs, puisque les produits transformés vendus au grand public fourmillent de colorants et additifs, qui n'apportent aucun élément nutritionnel, tout en comportant, pour certains, des risques cancérigènes.

Le cas de l'aspartame le montre bien. Provoquant des remous dans la communauté scientifique, il a pourtant été mis sur le marché à très grande échelle. Mais les industriels sont constamment à la recherche de nouveaux procédés et ingrédients à ajouter à leurs produits.

L'essor des alicaments et autres compléments alimentaires n'est pas sans risque pour le public, qui les consomme en pensant se faire du bien.

Et si la malbouffe, et ses produits trop gras, sucrés et salés, est au centre des critiques (restaurants de fast-food en tête), la gastronomie française (restaurants et boulangerie, par exemple), n'est pas exempte de pratiques condamnables et dangereuses pour la santé des consommateurs.

Enfin, au bout de la chaîne, les supermarchés peuvent parfois s'adonner à des méthodes peu scrupuleuses, comme l'ont montré les différents épisodes de « remballe » et « recyclage » alimentaires.

Alors, que faire pour ne pas s'exposer aux dangers inhérents de l'alimentation industrielle ? Pour vous assurer une alimentation saine et équilibrée, sans tomber dans le piège de la malbouffe, il est avant tout nécessaire de réapprendre à faire ses courses et à cuisiner.

Dans les grandes surfaces, nous avons tendance à acheter de manière compulsive des choses dont nous n'avons pas réellement besoin.

En effet, les supermarchés ont beau être séduisants et apparaître comme des options bon marché, ils nous coûtent en réalité cher en gadgets et produits superflus (souvent des sucreries ou des produits de fast-food). De plus, ils ne vendent que des produits industriels, ce qui n'est pas idéal en termes de nutrition, compte tenu des procédés habituels employés, mais aussi des nombreux scandales sanitaires du secteur qui éclatent les uns après les autres.

Mieux vaut donc préférer les systèmes de distribution alternatifs. Les marchés sont intéressants pour la plupart des produits frais tels que les fruits et légumes, le poisson, la viande et la crémerie, mais on n'y trouve pas toujours tout, et leurs horaires peuvent être contraignants.

De plus en plus nombreux, les magasins bio sont une bonne option si l'on vit dans une grande ville. Ils vendent tous les produits alimentaires, des pâtes aux laitages en passant par la viande et les céréales du petit-déjeuner, et ne sont pas aussi chers qu'on l'imagine.

Et, comme nous sommes dans une démarche plus raisonnable et que nous faisons nos courses de manière plus rationnelle, nous avons finalement tendance à dépenser moins que dans un supermarché. Les coopératives bio sont encore plus recommandables, mais toujours aussi peu accessibles.

Une autre excellente solution est le système des AMAP, ou Associations pour le maintien d'une agriculture paysanne, présent dans toutes les régions. Dans un point de vente, les AMAP mettent à la disposition de la clientèle un panier complet de produits frais par semaine, déposé le matin par de petits producteurs. Le système est excellent.

Les paniers sont composés uniquement de produits de saison, obtenus selon des méthodes propres, sans gaspillage, sans emballages, et à un prix compétitif grâce au faible nombre d'intermédiaires et à la politique de commerce équitable du réseau. Toute la liste des AMAP par région est disponible sur le site officiel de l'association : <http ://www.reseau-amap.org>.

Si, à cause de l'éloignement, vous êtes contraint de vous en tenir au supermarché, pas de panique, vous pouvez aisément déjouer les pièges des industriels et trouver des aliments sûrs.

Il faudra par contre souvent en payer le prix. En effet, plus un produit est fabriqué selon une méthode artisanale qui demande un vrai savoir-faire et du temps, et moins il sera produit en masse, ce qui veut dire qu'il ne sera pas rentable pour un supermarché.

Pour obtenir de la qualité dans les grandes surfaces, il faut donc être prêt à payer plus cher. Du côté des viandes, poissons, œufs et laitages, optez pour le label Rouge ou le bio ; pour les fruits et légumes, et l'épicerie, le bio est également recommandé, et tenez-vous à l'écart des rayons confiseries ou sodas !

Si vous devez acheter des boissons, ne serait-il pas préférable de vous tourner vers des fruits frais bio et les presser vous-même ? Idem pour les plats préparés : ne vaudrait-il pas mieux choisir vos ingrédients avec soin et les cuisiner vous-même, en utilisant une recette bien plus saine ?

Du côté des surgelés, mieux vaut éviter tous les produits transformés et aller à l'essentiel : le poisson tranché est un bon exemple d'ingrédient simple à acheter et à cuisiner. Enfin, méfiez-vous de l'allégé, lisez bien les étiquettes avant de choisir et, surtout, régalez-vous !

Du même auteur

Les Dossiers Noirs de la Ve République

L'Etat français a du sang sur les mains. Nos gouvernements ont beau être démocratiques, on torture, on assassine parfois pour préserver un intérêt général ou des intérêts particuliers.
La Ve République n'a jamais hésité à agir en dehors des limites, pour faire taire un opposant, des ministres ou des juges qui en savaient trop. Les exécuteurs des basses œuvres, experts en manipulation et autres barbouzes, sont au cœur d'une véritable histoire parallèle. C'est cette histoire que l'auteur retrace, de Ben Barka au *Rainbow Warrior*, du « suicide » de Pierre Bérégovoy au scandale du Service d'action civique.
On y croise des personnages influents, des services très secrets, on y pose des questions sur des « preuves » fabriquées, la disparition d'éléments cruciaux, des versions contradictoires et des révélations tardives. Une effrayante mise en cause de la démocratie de façade…

Les grands dossiers noirs de la Ve République : quand la France manipule, torture ou assassine au nom de la raison d'Etat.

ISBN : 978-2-35288-755-3

Du même auteur

Le livre noir du nucléaire français

Le nucléaire est l'énergie la plus sûre, la plus écologique. C'est ce que répètent les lobbies pro-nucléaires, les industriels et les politiques depuis des décennies, voulant persuader les citoyens qu'il y a un risque infime. Pourtant, les centrales jouent avec une puissance dont le contrôle total n'est qu'une illusion entretenue à grands frais. Dans cette enquête, l'auteur révèle les vrais dangers du nucléaire. Risques de cancers, de malformations ou de mutations dont les autorités se gardent bien de parler. Problèmes graves liés au vieillissement des centrales. Dangers pour l'environnement, notamment avec le retraitement hasardeux de déchets toxiques. Décidément, le nucléaire est tout sauf une énergie sûre, d'autant qu'on demande d'abord à ce qu'elle soit rentable…

Ce document dévoile enfin la face la plus sombre du nucléaire français qui, malgré Tchernobyl ou Fukushima, n'a pas pris la mesure des risques.

Environnement, sécurité, santé : ce que l'on ne vous dit pas sur le nucléaire en France.

ISBN : 978-2-35288-739-3